生态诗学新探

清远第三届生态诗歌笔会论文集

华　海　侯之虎／主编

南方日报出版社
NANFANG DAILY PRESS
中国·广州

图书在版编目（CIP）数据

生态诗学新探：清远第三届生态诗歌笔会论文集 / 华海，侯之虎主编 . — 广州：南方日报出版社，2022.9
ISBN 978-7-5491-2577-7

Ⅰ . ①生… Ⅱ . ①华… ②侯… Ⅲ . ①诗歌评论 – 中国 – 文集 Ⅳ . ① I207.22-53

中国版本图书馆 CIP 数据核字 (2022) 第 143472 号

SHENGTAI SHIXUE XINTAN
生态诗学新探：清远第三届生态诗歌笔会论文集

编　　者：华　海　侯之虎
出版发行：南方日报出版社
地　　址：广州市广州大道中 289 号
出 版 人：周山丹
封面题字：静福山人
责任编辑：刘志一　张煜杰
装帧设计：邓晓童
责任技编：王　兰
责任校对：熊丽思
经　　销：全国新华书店
印　　刷：广州市尚铭印刷股份有限公司
开　　本：889mm×1194mm　1/32
印　　张：6
字　　数：120 千字
版　　次：2022 年 9 月第 1 版
印　　次：2022 年 9 月第 1 次印刷
定　　价：48.00 元

投稿热线：（020）87360640　读者热线：（020）87363865
发现印装质量问题，影响阅读，请与承印厂联系调换。

目录

第一部分 生态诗学建构

第二部分
生态诗歌文本评论

第一部分

生态诗学建构

生态诗学初探

华海

现代生态观认为，人和自然的一切构成一个生命共同体，彼此是一种生物链或食物链关系，从根本上说，不存在谁高级谁低级、谁重要谁不重要，它们都是生命共同体中的一员。而“生态诗歌”就是一种现代社会反映人和自然关系、追求二者和谐的诗歌。它作为一种诞生于现代社会、批判反思工业文明积习的一种文化现象，与通常的以“人类中心主义”为核心，以人的利益为唯一价值取向的诗歌有本质上的不同。它把人与自然放在统一的位置，从“生命共同体”互为依存和影响的整体角度来体验和感受，并以对灵魂的反思和生命的体验来调整人与自然日益紧张的关系，抗衡心灵日益物化的精神病相。

然而，生态诗歌不是简单的生态加诗歌，也不是生态观念先行、从概念到概念的诗歌。生态诗歌探索的关键是生态题材和生态思想的诗歌“内化”，它首先是诗歌，而且是一种体现生态美学追求的创新的诗歌。因而在创作和评论中，除了重视形而上的生态思想之“道”外，应着力于生态诗歌的审美创造。生态诗歌具有批判性、体验性和梦想性（或想象性）的美学特性。它既能发挥危机警醒、现实批判的作用，又能引领人们寻找正在消失的生态美，特别是对于启悟人们重回大自然的怀抱，体验自然的整体性和神秘性，恢复人的想象力和审美能力，实现心灵与自然对话和交融的主体间性审美，再造人与自然和谐、“天人合一”的审美境界具有独特的意义。

一、生态诗歌的审美

在工业化和后工业化时代，当人类远离自然，并与自然中生命万物的关系破裂、分离，甚至对立，变成了纯粹的有用或无用的功利考量时，人对自然的审美感觉也就支离破碎。正是在这样的精神背景下，生态诗歌出现了。

美国环境学家杰里·曼德曾这样具体分析现代人的审美危机：“从视觉、听觉、触觉、味觉、嗅觉等诸多角度来看，我们所体验和理解的世界都已经被加工处理过了。我们对世界的体验再也称不上是直接或者本源的了，而是间接的。”曼德认为这样的环境麻痹了人们的情感，它只要求人们专注于有限的特定事物上，人们的审美能力也由此异化。而生态诗歌营造的诗意境界能够引导人们重新回归自然、融入自然、体验自然，它能使人们的感官重新灵敏起来。生态诗歌通过“澄明之境”的敞开将人们从当下的审美困境中拯救出来。因此，生态诗歌除了具有反思和批判工业文明的积弊并探究生态危机产生的精神根源，倡导可持续的生产和生活方式的意义外，它的生态美学价值也值得研究者重视，它是生态意识内化为诗歌艺术形态的关键。

生态诗歌的审美不同于传统的自然诗歌的审美，首先体现在生态审美的主体间性上。生态诗歌中人与自然的关系与传统自然诗歌本质上是不同的，不是主客二分的关系，而是放在统一的主体位置。有学者认为，在生态文学（包括生态诗歌）中，人与自然之间是一种交互主体性关系，也可以说是主体间性关系。海德格尔批评了技术对人的统治和对自然的破坏。他提出了“诗意地栖居”的理想，具体地说，就是“大地和苍穹、诸神和凡人，这四者凭原始的一体性交融为一”。这种天、地、神、人四方游戏的思想体现了一种主体间性的思想，也使他的哲学走向审美主义。而埃里克·托德·史密斯则认为，生态批评家与其把“自然导向的文学”（包括生态文学）和批评当作赋予自然“发言权”的途径，不如“简朴地”把文学及其批评看作事物关系（人和自然万物一样也是事物）中的特殊联系。只有厘清这种关系，我们才能进入相互密切联系的生态整体。

生态诗歌往往从揭示自然的伤痛和诗意正在消失的悲剧开始，表现诗人的忧伤和悲悯。但更为重要的是，它能够把个体生命与自然重新连接起来，进入相互密切关联的生态整体，实现主体间性审美，修复和重建人与自然万物互相依存、呼应的关系，唤起人对自然整体的审美感觉、体验，以及对美好境界的想象力。

它注重回归自然、融入自然的心灵过程，人不再是自然的观赏者，而是自然的一部分。物我不分，欲辨忘言，从而呈现出“天人合一”的圆融境界。生态诗歌进入并体验生命共同体中彼此联系、循环不止、生生不息的存在状态，让人重新作为生命共同体中的一员谦逊地走回曾失去的诗意栖居，使灵魂在生命万有中安顿，疗治心灵的伤痛和疾患，而且沉浸于自然的神秘性，唤回久违的敬畏之心。生态诗歌追求在自然中实现主体间性审美，以人性与大地的崭新意象，以语言的“复魅”，营造出整体关联、循环运动、生机盎然的澄明诗境，也就是幻美的诗境。诗人通过想象的力量黏合破裂的现实感觉和精神碎片，从而在自然中呈现神秘，在生命之间呈现精神的澄明，通过主体间性审美的实现，在虚拟的诗歌空间呈现本原的世界，进而指向语言幻境——梦想的境界或所谓“生态乌托邦”。生态诗歌就这样敞开一扇“绿色之门”，让人重新走向自然的“和鸣”。

二、生态诗境的重构

生态诗歌与一般诗歌的最大区别在于：前者体现了鲜明的生态整体主义思想。最早阐述生态整体主义的利奥波德强调了生态整体性的价值判断标准：“当一个事情有助于保护生物共同体的和谐、稳定和美丽的时候，它就是正确的；当它走向反面时，就是错误的。”生态整体主义的核心思想是把生命共同体——即生态系统的整体利益作为最高价值，而不是把人类的利益作为最高价值，把是否有利于维持和保护生态系统的完整、和谐、稳定、平衡和持续存在作为衡量一切事物的根本尺度。生态诗歌正是从生态整体的角度出发，以生态审美构建生态诗境，实现新的诗歌语言艺术创造。

生态诗歌首先是面对现实生态问题的。在处理与生态危机的现实关系时，生态诗歌以宽广的审美视野直面现实的生态状况，关怀人和自然的命运，反思人与自然关系的扭曲现状、历史及其根源，从而获得一种崭新的、启人心智的生态诗歌体验，并透现出独特的生态思想。人对自然的掠夺、破坏，从根本上扭曲了人与自然的关系。而诗人把自然和人放在生态整体中体验，便构成了真正的生态诗歌的体验。面对生态灾难，畏惧、哀叹或逃避都无济于事，人类必须正视并做出根本的改变。只有尊重自然、热爱自然，建立一种新的“大地伦理关系”，才是生态诗歌审美体验的起点，而对生态危机和灾难的体验，会让我们更为深切地认识到：自然和人已处于同一条生死与共的“生存链”上。

生态诗歌揭示当代生态危机及其根源，具有唤醒生态意识的现实动因。但这仅仅是起点，不能到批判性为止，在破的同时还需要立。在生态价值的认知上，应从人与自然重构和谐关系切入，用整体性的观念重构生态理想，并在诗歌艺术上探索实现生态审美的可能性，从而构建具有创新意义的生态诗学。

在这个构建过程中，实现的路径可以概括为批判、体验和梦想。批判是针对人与自然关系的对立和紧张，反映人类对于生态困境的焦虑，并把批判的锋芒指向人类中心主义和二元对立的观念。体验是重新回到自然，在具体的地点重新与自然建立联系，让人的灵魂安居。而这种回归和对自然神秘的重新体认，在现实中面对巨大的落差和鸿沟，甚至难以逾越，由此便产生出梦想的可能，即通过诗歌语言来重构一个人与自然关系由对立走向复合的诗意栖居，或者说一个由想象创造出的整体性的世界。批判和体验、梦想互相关联，既有逻辑上的逐层递进，又以实现生态整体审美作为共同旨归，从而共同构筑人与自然主体关系的诗意栖居。

从生态诗歌自身发展而言，我们绕不过去的一个问题是：当代生态诗歌如何处理与中华传统天人合一观念和古典山水田园诗歌的关系？自魏晋南北朝以来，山水田园诗歌逐渐成为中国古典诗歌的重要组成部分，由谢灵运开启的对永嘉山水的倾心到陶渊明“归园田居”的怡然自得，再到以盛唐气象呈现的人与自然“相看两不厌”并在自然中神思梦游的诗意世界，山水田园诗的诗脉源远流长，以至宋、明、清依然余波回响。显然，古典山水田园诗歌并不是我们所说的生态诗歌，它是当代生态诗歌所接续的重要的民族诗歌传统。王维、李白们是生活在自然中的，他们主要面对的是与现实的矛盾冲突，而当下的生态诗人面对的是严峻的生态问题和人与自然疏离对立的精神状况；他们本来就在自然中歌吟，当代生态诗人则是因生态问题而走回自然，在诗歌中重构人与自然和谐共在的诗意栖居，修复破碎的诗境。生态诗歌既承接中华天人合一的大道本源，又从古典山水田园诗歌中汲取源头清流，从而探索当代生态诗歌的审美重构和诗境再造，同时在一个新的层面上实现对山水田园诗歌传统话语体系的现代性承继和转型。

我们倡导的生态诗歌，从传承的角度将接续山水田园诗歌的文脉传统，并以生命共同体的整体生态观为统摄，面对当下生态问题，重新与自然中的地点建立起心灵的联系，也重新与古典自然诗歌建立“家族谱系”的根脉联系。回到源头和原点，汲取众流之水，是为了探寻走向人与自然和谐共在的生态理想，重构整体性生态审美诗境。就生态诗歌发展本身，我们应当致力于探索当代中国生态诗歌的创新之路，在丰富而广阔的创作实践基础上继承创新，从而建构当代生态诗学。

三、生态诗歌的地域性

诗歌中的生态关系，是从地域性的建立开始的，这个地域性既包括自然地理的，也包括人文地理的、历史传统的，特别是与地域共生的历史风俗文化因子以及与自然一体的生活形态，它们与自然的形貌、气候、物种等一起构成了一个地域生态诗歌中的元素和气息。

生态诗歌普遍具有地域性特征。如日本生态诗人宫泽贤治，一生在家乡岩手县的农业区生活写作，守望家园，他是“在家”的写作。美国生态诗人斯奈德一生都在寻找心灵的“栖息地”，从印地安文化到日本禅宗，乃至中国古代的诗僧寒山都曾深深吸引着他，最后他回到美国，隐居于塞拉山，一时间那里成了雅皮士们心中的圣地。从这样的特征，或者说这样一种写作现象，我们可以探究一下背后的原因。为什么生态诗人要守住一个地方或找到一个地方来写作？因为这个地方是诗人找到的心灵安顿之所，这是安身立命之地，是容得下肉身、放得下灵魂的“道场”，也是生态写作的源泉。不然，精神始终处于漂泊和流浪的状态，灵魂无家可归。我们发现，生态诗人在精神上大多归于一种安静之境，那是灵魂依归、回归自然的安静。

回到一个地点，也是回到时间本身，首先让身体来感知，让自然重新贴近肉身。我们是什么时候静心听一声鸟鸣的？什么时候看天上的星星，与所爱的人欣赏一场流星雨的？上一次你全身心地观察一次壮丽的日出是什么时候？许多人都已模糊，这说明他们已远离自然，与自然渐行渐远，甚至走到了自然的反面，人与自然的关系常常处于一种紧张的状态。为什么会处于这样一种状态呢？这是工业化时代最突出的一个问题。技术的进步进一步催生征服自然的冲动，资本社会的消费观、娱乐至上的观念以及技术决定论促使人类对自然环境必然采取一种掠夺性的态度，自然降格为为我所用的工具，人类为所欲为。资本社会是当代生态危机以及生态灾难的社会根源所在。人与自然关系的倒错，削弱了人的审美能力。自然已经“祛魅”，诗意已经不在，诗歌由此走向现代主义的“碎片化”和后现代的“消解意义”就成了必然的事。

生态诗歌以语言回到生命的“在场”，回到真实的存在，在具体的地点和场景触及人的感觉。生态诗人常常与自己生存的地域建立起密不可分的联系，回到具体的地点也就是回到家园，也是把与自然割断的关系重新连接起来。生态诗歌表现出的地域性并不是简单的自然主义的表达，它追求的是在自然中实现主体间性审美。

我们是从哪里走错的？生态诗歌就是直面生态危机、

精神危机和诗歌审美危机，回到自然的原点，重新回到人与自然的生命共同体中与自然建立联系。由此，便开启了新的诗歌旅程，它从说“不”到坚定地说“是”。它回到一个地点、一个地域，回到农历二十四节气，回到天地日月的运行，回到四季变化和风霜雨雪的洗礼，回到万物的本真和魅力。这便是一种精神和灵魂的依归，是探寻未来应当如此的生活，从而促使人们在现实中作出应有的改变。

作者：华海　著名生态诗人，生态诗歌倡导者

地方感的丧失与重建

——论当代生态诗歌对于新诗的建设意义

汪树东

人地关系始终是文学创作、文学史研究以及文学理论研究中的核心话题之一。中国古典诗歌发展史中，诗人对特定地方的融入和眷恋往往既是他们身心落定的标志，也是他们诗歌的独特徽章。但是到了现代新诗中，由于种种原因，诗人的地方感一度丧失，纷繁的抽象概念和远离大地的宏大抒情成为他们书写的核心内容。这种情况一直到20世纪80年代中后期，随着当代生态诗歌的悄悄崛起才有了实质性的变化。在生态意识的引领下，诗人开始致力于打通与古典诗歌历史血脉的联系秘道，接通人与大自然的通幽曲径，重建清晰、稳定的地方感，再次使新诗恢复了与华夏大地实质性的诗意交融，从而为新诗拓展了全新的、具有全球感的生态文明方向。

一、古典诗歌地方感的渊源和新诗地方感的丧失

所谓地方感，就是人对特定地方的情感认同，同时也混合着人的记忆与欲望、理性与反思。这里所说的地方，首先指特定的自然因素，例如日月星辰、山川河流、花草树木、虫鱼禽兽以及特定的季节物候、自然生态；当

然也包括特殊的风土人情、政制文化等文化因素。因此，地方感是人与自然、文化因素相融的多维建构，是人试图在特定的地方中寻觅自我认同、生命意义的情感取向。中国古典诗学早就非常关注特定地域对人的影响，其中潜藏着的就是对人的地方感的体认。《国语·鲁语下》曾说："沃土之民不材，逸也；瘠土之民莫不向义，劳也。"自然环境良好容易使人坐享其成、偏于安逸，而自然环境艰苦则会使人刻苦勤谨、免于懈怠。《礼记·王制》则说："凡居民材，必因其天地寒暖燥湿，广谷大川异制，民生其间异俗。"自然气候、山川河流都会影响当地人的生活习俗和性格气质。《淮南子·地形训》提出"土地各以其类生"，"皆象其气，皆应其类"的看法，认为自然环境会直接影响乃至决定人的身体素质和个性气质，"是故坚土人刚，弱土人肥，垆土人大，沙土人细，息土人美，耗土人丑"。正是在前人关于自然环境深刻影响着人的认识基础上，刘勰在《文心雕龙·物色》中提炼出了"江山之助"的重要诗学命题，"若乃山林皋壤，实文思之奥府，略语则阙，详说则繁。然则屈平所以能洞监《风》《骚》之情者，抑亦江山之助乎！"在刘勰看来，山水林泉、肥沃原野等自然因素是启发文思的宝库，屈原之所以能够洞察国风和民间骚体诗歌的情韵，正是借助于江山、自然的启发。孔尚任则更进一步提出："盖山川风土者，诗人性情之根柢也。得其云霞则灵，得其泉脉则秀，得其冈陵则厚，得其林莽烟火则健。凡为人不为诗则已，若为之必有一得焉。"（《孔尚任诗文集》卷六《古铁斋诗序》）孔尚任认为山川风土是诗人性情的根本，若不能融入特定的地方，汲取大自然的滋养，就无法生成特定的诗歌风格。魏禧则说：“文章视人好尚，与风土所渐被，古之能文者，多游历山川名都大邑，以补风土之不足，而变化其天资。司马迁，龙门人，纵游江南、沅湘、彭蠡之汇，故其文奇姿荡轶，得南界江海烟云之气为多也。”（《魏叔子集·曾庭闻文集序》）如果一地的风土不足以陶冶诗人性情，那就像司马迁那样纵横南北，从更多地方去汲取大自然的启示，从而养成更为浩瀚广博的文学风格。

古典诗学关于诗歌起源的“物感说”也潜藏着对地方感的重视。《礼记·乐记》写道：“凡音之起，由人心生也。人心之动，物使之然也……乐者，音之所由生也，其本在人心之感于物也。”而所感之物，多指特定地方的自然物象，因此可说诗歌起源于人地之间的交感。钟嵘在《诗品·序》中开篇就写道：“气之动物，物之感人，故摇荡性情，形诸舞咏……若乃春风春鸟，秋月秋蝉，夏云暑雨，冬月祁寒，斯四候之感诸诗者也。”钟嵘就强调大自然季节转换对人的感发，从而导致诗歌的产生。但需要注意的是，大自然的季节转换是需要与特定地方结合起来的，因此对季节转换的关注也是对地方感的肯定。至于陆机在《文赋》中写道：“遵四时以叹逝，瞻万物而思纷。悲落叶于劲秋，喜柔条于芳春。”而刘勰《文心雕龙·物色》中所说：“春秋代序，阴阳惨舒，物色之动，心亦摇焉……岁有其物，物有其容，情以物迁，辞以情发。”诗论家敏感于季节转换、物候变化对于人心、情感的细腻影响，从而提出诗歌起源的“物感说”，也是间接地对地方感的肯定，因为诗人若无稳定的地方感，又如何能够感受大自然的四季轮回呢?

与古典诗学一样，古典诗歌也极为肯定地方感。段义孚曾说：“与欧洲相同的是，中国人通过诗词传达出的对某一个地区的自然情感比可视艺术要早得多。从汉代以来，诗词就蕴含了对特定地方的情感表达，并采用了‘登柳州城楼’或者‘望洞庭湖赠张丞相’这样的题目。”① 应该说，古典诗歌对特定地方的情感表达，并不是从汉代才开始的，而是从《诗经》《楚辞》就启动了。《诗经·国风》就是按照十五国的地域分布编排的，其中许多篇章具有鲜明的地方感，例如《周南·关雎》《周南·汉广》《卫风·淇奥》《王风·黍离》《郑风·溱洧》《秦风·蒹葭》《豳风·七月》诸篇，自然意象和人文意象标志鲜明，地方特色浓郁，显示了诗人高度的在地性。至于屈原的《楚辞》更是洋溢着楚地特有的地方感，正如王夫之在《楚辞通释·序例》中所言：“楚，泽国也。其南沅湘之交，抑山国也。迭波旷宇，以荡遥情，而迫之以崟嵚戌削之幽菀，故推宕无涯，而天采矗发，江山光怪之气，莫能掩抑。”无论是《九歌》《九章》还是《离骚》，全都流荡着楚地大自然和巫鬼信仰的恢诡谲怪之气氛，具有强烈的地方特色。

而陶渊明堪为古典诗人融入特定地方的卓然表率。他

① [美]段义孚：《恋地情结》，志丞、刘苏译，商务印书馆，2018，第191页。

罢官归耕，在庐山脚下当一介农民，“采菊东篱下，悠然见南山”，全身心融入浔阳柴桑，与大自然同呼吸、共命运，从中获得了身心的安顿和归宿。踵武前贤，孟浩然之于襄阳，王维、裴迪之于蓝田辋川，储光羲之于终南山，均为唐朝山水田园诗人融入特定地方的典型。至于杜甫、李白、韦应物、韩愈、柳宗元、杜牧、李商隐、苏轼等著名诗人，往往或因宦海浮沉，或因个人生计四处流离，但是他们每到一处，均能较好地融入当地，体现出鲜明的地方感。吴承学曾说：“自宋代以后，中国文学批评始有流派之说。值得我们注意的是，古代的文学流派多以地域命名，如江西派、公安派、竟陵派、常州派、浙派、桐城派等。当然以地域命名的文学流派，只是大体言之，其成员未必都同出一地。”[①]多以地域命名文学流派，可以看出古典文学（包括诗歌）的地方感的标志性。其实，古典诗人也多以地名自我命名或载入史册，例如杜少陵、韦苏州、韩昌黎、柳柳州、苏东坡等等，不一而足，由此可见他们均具有自觉的地方感。

对于古典诗人而言，天人合一的哲学是他们安身立命的智慧。在此哲学观的指引下，他们愿意融入特定的地方，把当地的山川河流、草木田园视为安顿身心的终极所在，他们相信与大自然融合就是得道，就是人生问题的妥善解决。因此，可以说融入地方、获得稳定的地方感，是

① 吴承学：《江山之助——中国古代文学地域风格论初探》，《文学评论》1990年第2期。

天人合一哲学的另一种诗意言说。当然，古典诗人突出的地方感也和农耕文明息息相关。农耕文明时代，交通和信息交流技术落后，人们安土重迁，仰赖大自然，要想获得较好的生活就必须融入脚下的土地，与大自然和谐为一。古典诗人要么从儒家经时济世的宏大理想中去寻找身份认同，要么从道家的与物为春、与道同体中获得身份认同，无论哪种方式都会导向特定的地方感。这种浓郁的地方感赋予了古典诗歌极为鲜明的自然特色，造就了山水田园诗这样的古典诗歌艺术高峰，也让古典诗歌呈现出大地般宁静、安稳、深邃、渺远的审美风貌。

然而这种地方感到了现代新诗中却一度失落了。若从流派角度考察，新月派、象征派、现代派、七月派、九叶诗派等，没有任何一个诗歌流派是以地域命名的，也不追求特定的地方感，更没有多少地方认同和恋地情结。若从诗人角度看，胡适、郭沫若、冰心、徐志摩、闻一多、梁宗岱、李金发、戴望舒、何其芳、冯至、艾青、穆旦等代表性的新诗诗人，没有任何一位诗人表现出像陶渊明、王维、孟浩然、杜甫、苏轼等古典诗人那样的地方感。即使是从诗歌标题上看，所有新诗都似乎有意淡化地方色彩，转而追求题材的抽象性、情感的普遍性。即使偶有《再别康桥》《雨巷》这样具有一定地方意识的新诗名作，但也称不上具有地方感。如果把新诗的这种情形和现代小说加以比较，结果同样令人吃惊。自从鲁迅有意倡导乡土小说开始，现代小说家纷纷表现出鲜明的地方感，例如鲁迅之于浙江绍兴，鲁彦之于浙东乡镇，蹇先艾之于黔北山村，沈从文之于湘西，艾芜之于西南，萧红之于呼兰河，端木蕻良之于科尔沁旗，甚至到了延安解放区文学，小说家依然延续着特定的地方感追求，例如赵树理之于晋东南农村，孙犁之于白洋淀。然而，现代新诗却表现出对地方感的疏离。

现代新诗对地方感的淡漠还一直延续到当代。例如郭小川、李瑛、贺敬之等著名的当代诗人对地方感并不感兴趣。即使有闻捷的新疆天山情歌、公刘和白桦的西南边疆军旅诗歌等试图表现出地方色彩，但是这种地方色彩终究是服务于革命意识形态的高腔大调，缺乏自足性、稳定性。就像贺敬之的《桂林山水歌》一样，诗人表达的不是对地方的眷恋和皈依，而是对革命豪情的高调宣示。新诗对地方感的淡漠在朦胧诗中依然在延续，北岛、顾城、舒婷、梁小斌、江河、食指、芒克等朦胧诗人的抒情方式是抽象的、高调的、宏大的，他们告别了革命意识形态的粗疏和狂热，钟情于人道主义、人性论、自由主义的返璞归真，但是他们和郭小川、李瑛、贺敬之那一代诗人一样延续的是宏大抒情方式，他们也没有返回大自然、返回大地、返回特定的地方。

应该说，从五四直到20世纪80年代初期，中国新诗一直被种种现代性的宏大意识形态所主宰，诗人们不是痴迷于民主、自由、科学的启蒙现代性，就是朝拜于平等、集体、科学的革命现代性。而无论是启蒙现代性还是革命现代性，都是建立在对地方的逃避乃至镇压之上的。斯普瑞特奈克曾说：“现代性兴起和盛行所呈现出来的一条轨迹便是‘逃离地方’……现代主义的建筑和设计靠着向毫无生气的最简单之物的粗暴还原，将自己从乡土中解放出来，成为真正世界性的、既不反映地方生态也不反映地方文化的、纯粹否定性的自由意识形态。现代政治中，国家疆界的划分也忽略了地方的整体性，与地方紧密相连的少数民族、土著民族，其权利大部分已经被现代民族国家所剥夺。”[①]的确，当新诗诗人迷醉于现代性方案时，他们无法发现地方，更谈不上对特定地方的融入和地方感的建立。当然，新诗失落地方感，也和新诗诗人大量跻身都市，远离乡村，远离大地有关。他们再也无法像古典诗人那样感受大自然的脉动和大地的辽阔。丧失了地方感后，越来越多的诗人会痴迷于不断翻新的艺术实验，这也就是现代主义、后现代主义的诗歌实验层出不穷的根本原因。像波德莱尔、艾略特这样的现代主义诗人恰恰是最没有地方感的诗人，而受现代主义诗歌的影响，中国新诗中的象征派、现代派、九叶诗派、朦胧诗也是最没有地方感的新诗。

二、当代生态诗歌对地方感的重建

当代新诗率先开始恢复地方感的有三位重要的诗人，即牛汉、昌耀和海子。牛汉和昌耀都是20世纪50—70年代被下放的右派诗人，牛汉一度被下放到湖北咸宁向阳湖“五七干校”，而昌耀则被下放到青海边缘的藏族牧区。

---

① [美]查伦·斯普瑞特奈克：《真实之复兴》，张妮妮译，中央编译出版社，2001，第6页。

正是在下放的艰苦生活中，他们与大自然重建了灵肉联系，与大地接通了血脉，恢复了早已丧失的地方感。牛汉在《鹰的诞生》《半棵树》《毛竹的根》《悼念一棵枫树》《巨大的根块》《麂子》等诗歌中体验自然生命的辉煌与伤痛，融入特定的地方，从中获得身心的安顿。而昌耀更是告别了革命意识形态的空疏，融入了藏族牧民的边地生活，在《峨日朵雪峰之侧》《慈航》《雪。土伯特女人和她的男人及三个孩子之歌》等诗歌中展示了尊重自然、敬畏自然、融入自然的地方感。至于海子，他厌恶现代文明，痛恨繁杂都市，像叶赛宁一样向往宁静质朴的农耕生活，几度到青藏高原漫游，以《活在珍贵的人间》《村庄》《九月》《大草原大雪封山》等诗歌呈现了融入自然、皈依土地的渴望。但是最终他发现现代文明势不可挡，只能怀携梭罗的《瓦尔登湖》绝望地驾鹤西去。这三位辛苦地为新诗重建了地方感的诗人同时也是最早的当代生态诗人，生态意识在他们的心灵中已经萌芽，很快将在更多诗人的心灵原野上开花结果。

所谓生态诗歌，是指以生态整体主义为指导的、描绘人与大自然关系的诗歌。常见的生态诗歌要么批判现代人对大自然的生态破坏，要么描绘大自然之美，表达人融入自然的美好渴望，要么揭示人与大自然之间错综的生态关系。有些生态诗人具有鲜明的地方感，而有些生态诗人尚未形成明晰的地方感。不过，所有恢复了地方感的诗人都是生态诗人。整体看来，于坚、雷平阳等诗人钟情于云南高原，创作出了当代最具艺术魅力的生态诗歌；哨兵、徐俊国、沈河等诗人皈依故乡的大地，描绘了故乡的自然生态全貌；华海、李少君、敕勒川、津渡等诗人在异地他乡再次栖居，融入了当地的生态循环中，心魂落定；至于吉狄马加、倮伍拉且、鲁若迪基等少数民族诗人则重返故乡，重返民族传统生态智慧，重建了惨遭全球化侵蚀的地方感。

于坚是当代诗人中较早恢复地方感并取得较大成就的诗人。他摆脱了战天斗地的革命意识形态的影响，谦卑地接受云南少数民族敬畏自然的民间信仰，重建古典传统的万物有灵和天人合一的生态智慧，在云南高原四处漫游，亲近自然，融入自然，礼赞自然。他的大量诗篇具有鲜明的地方感，例如《作品57号》《作品108号》《白鹭》《春天咏叹调》《在云南西部荒原上所见的两棵树》《苍山清碧溪》《阳光只抵达河流的表面》《哀滇池》等。他在诗歌《南高原》中写道："长满金子的土地啊/长满糖和盐巴的土地啊/长满神话和公主的土地啊/风一辈子都穿着绿色的筒裙/绣满水果白鹭蝴蝶和金黄的蜜蜂/月光下大地披着美丽的麂皮/南高原的爱情栖息在民歌中/年轻的哲学来自大自然深处/永恒之美在时间中涅槃。"[①]诗人对云南高原表现出高度的地方认同和恋地情结。

承接了于坚的精神旨趣，雷平阳也表现出皈依云南的浓郁地方感。他在《〈云南记〉再版序》中曾写道："云

---

① 于坚：《于坚集》第1卷，云南人民出版社，2004，第49页。

南是一个神奇的所在，有如此众多的少数民族神灵，有令人惊叹的数不胜数的古代史诗，有状若天堂的山水世界，我什么也不多想了，只想以其作为自己的精神给养地，血管连通大江，头颅靠着雪山，灵魂游荡于雨林，把本身已经充满了虚构与想象的现实元素，通过自己的择选，有节制有标准地书写下来，让其作为自己的精神档案。”[①]雷平阳的《春风咒》《昭鲁大河记》《大江东去贴》《渡口》等长诗吟咏云南大地，把山水纳入诗中，笔酣墨饱，情感丰沛，跌宕起伏，都是不可多得的山水好诗，也深刻地体现了他独特的地方感。至于他的一些抒情短诗描绘云南山川万物的瞬间之美，也沁人心脾。例如诗歌《三川坝观鹭》看到白鹭“以出世之美挽回了颓势”[②]，诗歌《我爱苍山》写诗人的睡眠“和几只鸟的睡眠连在了一起”[③]，诗歌《蟋蟀》则写诗人到了蟋蟀的家乡在“蟋蟀的歌唱中安宁地睡觉，嘴里衔着一根兔耳草”[④]，诗歌《双柏县的美学》写诗人在深夜独坐于查姆湖边时同时被水中的月亮和天空中的月亮两个哀牢山女神所爱……这些诗歌写出了诗人漫游云南大地时体验到的惊世骇俗之美，也展示了诗人天人合一的高峰体验。

哨兵、徐俊国和沈河则致力讴歌土生土长的故乡，以

① 雷平阳：《笔谈两则》，《文艺争鸣》2019年第9期。

② 雷平阳：《弹奏》，《十月》2017年第4期。

③ 雷平阳：《雷平阳诗选》，长江文艺出版社，2006，第87页。

④ 雷平阳：《雷平阳诗选》，长江文艺出版社，2006，第182页。

生态诗歌的方式与大地重建血肉相连的地方感。哨兵出生于洪湖，在洪湖工作到40多岁，于近年才迁居武汉。他的诗歌吟咏得最多的就是洪湖，他全身心地投入到洪湖中，对这片土地、这个湖泊充满热爱，具有强烈的地方感。通过洪湖，他理解自我，理解诗歌，理解生命。美国生态批评家塞尔曾说："要成为大地的栖居者，就要真诚而彻底地了解地球，关键的，或许也是唯一的全面任务，就是去理解处所，我们直接地生活于其中的集体处所。"[①]的确，对于诗人哨兵而言，这个处所，就是洪湖，就是那湖水荡漾、荷花绽放、鱼群聚集、禽鸟翱翔的洪湖。哨兵在《湖神》一诗中写道："我在浩淼无垠的洪湖寻找我爱的神/这是每天最重要的工作。我听从/浪迹的指引，将脚步深入芦丛和野蒿林。不曾蒙垢的水竖起来，做了/诗歌的面镜。朝露是我的嘴唇/我用一百只鱼鹰的叫唤洗脸，荆棘/做木梳，云朵和帆影/是印在小腹的胎记。当黑夜/再次降临，野藕就是我的粮仓……"[②]诗人说他在洪湖寻找他爱的神，其实洪湖就是他的神，那芦丛、野蒿林、野藕、鱼鹰、赤颈鸭、红尾斑鸫、长吻鮠都是神性的显现。诗人融入其中，获得身心的归宿。徐俊国在《鹅塘村纪事》《燕子歇脚的地方》《自然碑》等诗集中反复吟咏的是对山东胶东半岛东部的鹅塘村的地方认同。沈河在《也是一种飞翔》《相遇》等诗集中抒发的是对福建三明青印溪的地方眷恋。

① 王诺：《生态批评与生态思想》，人民出版社，2013，第193页。

② 哨兵：《江湖志》，长江文艺出版社，2009，第19页。

华海、李少君等生态诗人则在异乡重新栖居，希望借助再次获得的地方感抵御无处不在的非地方化生存。华海远离故乡扬州到粤北清远后，主动融身于笔架山和静福山，并以“静福山人”自称，从特定地域中获得身心的落定，获得安稳的地方感。他在诗歌《把笔搁在笔架山旁》中吟咏道：“把笔搁下来/时光悠悠地慢下来，用写作之外的足迹和身体触摸这方圆六十里内的草木光影、鸟唱虫鸣/执一把铁锹在茅寮四周遍植春兰秋菊，抡一把斧头随意打做一扇柴扉和木窗……把笔搁下来/去细细翻捡一片片色彩各异的草叶、树叶/沿着叶脉网状的纹路，把喉咙里想吐的许多话语引向简单、透明，直至无言/然后退回到枝干上，嫁接在风的神秘嘴巴上，听任自然界的音籁从地下涌上来，穿过肠胃的消化，抵达感动和呼吸/在一阵羞涩的触碰里，声音播散开去，与夜空里的流云和夜行鸟互相应答。”[1]华海把身心融入笔架山时，个体生命就融入了大自然的生命之流中，就像一滴水融入溪流中一样寻找到了生命的归宿。李少君大学毕业后离开了故乡湖南，到海南岛工作。他的《南渡江》《呀诺达之春》等诗歌呈现了诗人融入海南岛的地方感；他的纪游诗歌《敬亭山记》《神降临的小站》《金华江边有所悟》《某苏南小镇》《鄱阳湖边》《玉蟾宫前》等也无不洋溢着融入大自然的生态诗意。此外，如诗人敕勒川融入内蒙古草原，津渡融入杭州

① 华海：《当代生态诗歌》，作家出版社，2005，第135页。

湾湿地，都是当代生态诗人中恢复地方感的典型例子。

至于吉狄马加等少数民族诗人更是致力于恢复新诗的地方感。吉狄马加是彝族诗人，对彝族人生活的凉山地区具有非常深的认同感。他竭力反抗全球化、同质化对彝族文化的侵蚀，渴望融入凉山大地之中，守护彝族文化的生态智慧，彰显新诗的地方感。他的《苦荞麦》《献给1987》《古里拉达的岩羊》《啊，雪豹……》等诗歌歌咏的是带有凉山地区特色的自然生命，传达的是对凉山地区的恋地情结。彝族诗人倮伍拉且也和吉狄马加一样具有高度认同故乡的地方感，他曾在诗歌中反复提及只有在凉山才能感受到生命的美好，才能感受到大自然对人的接纳。他的《古里拉达》《溪苏河里鱼》《我的思想与树木庄稼一同生长》《庄稼和树木同样长着眼睛和耳朵》《永不熄灭的红红的火》《常常有那样一个时刻》《我其实就是一棵树》等生态诗歌吟咏的是凉山万物有灵、众生一体的生态境界。普米族诗人鲁若迪基对故乡小凉山的地方认同也非常感人，他曾组建"小凉山诗人群"，倡导诗歌的自然性、朴素性、原生性，他把这些特质概括为"土地根性"，在《斯布炯神山》《摩围山》《泸沽湖畔的庄稼》等诗歌中反复吟咏心怀故土、返回大地的赤诚衷肠。他在诗歌《选择》中写道："天空太大了/我只选择头顶的一小片/河流太多了/我只选择故乡无名的那条/茫茫人海里/我只选择一个叫阿争伍斤的男人/做我的父亲/一个叫车尔拉姆的女人/做我的母亲/无论走在哪里/我只背靠一座山/叫斯布炯的神山/我怀里/只揣着一个叫果流的村庄"。诗人放弃远方，放弃无限多的可能性，只返回脚下的大地，返回故乡，与那种丧失本根、四处漂泊的现代人背道而驰，表面上看是格局狭小的生命收缩，实际却是返本归根，接通大道。在鲁若迪基的选择中，我们似乎又隐隐听到了陶渊明、王维、孟浩然等先贤的智慧回响。

三、地方感对于新诗发展的三重意义

除了上述生态诗人之外，还有一些诗人表现出了一定的地方感，例如李琦、沈苇、李元胜、阎安、江一郎、潘洗尘、罗振亚、吴投文、东荡子、哑石、吉小吉、侯良学、谈雅丽、张二棍等等，不一而足。可以说，古典诗歌源远流长的地方感再次在当代生态诗人的努力下较好地重建了。像郭沫若、徐志摩、戴望舒、艾青、穆旦、郭小川、李瑛、贺敬之、北岛那样的现当代新诗人因为极为缺乏地方感，有可能遭遇到生态诗人所构建的新标准的重估，虽然尚无跌落神坛之虞，但其新诗的崇高价值到底要大打折扣了。整体看来，当代生态诗人重建的地方感对于新诗发展具有三重意义。

第一，当代生态诗歌通过重建地方感，接续上了古典山水田园诗歌的历史文脉，为新诗的振兴寻找到了历史源头。

自从五四新诗诞生以来，诗人们长久地把目光投向西方浪漫主义诗歌、现代主义和后现代主义诗歌，总以为只要能够模仿西方最新的诗歌就可以脱胎换骨，臻于大成。殊不知新诗若不能和本民族诗歌传统的根源接通，始终只能机械模仿他人，终究难成大器。即使要接受外来诗歌的影响，也需要新诗具有自身的精神艺术根基，否则外来影响也无法解放新诗真正的创造潜力。例如五四时期的象征派诗人李金发缺乏足够的精神艺术根基，只能机械模仿波德莱尔的诗歌，生吞活剥，贻笑大方。当冯至这样的诗人能够立足于较为深厚的古典诗歌土壤，对杜甫等古典诗歌的思想艺术根源熟谙于心时，他才能较好地转化象征派诗人里尔克的艺术影响，创造出彪炳新诗史的《十四行集》。

古典山水田园诗无疑是华夏诗歌最为宝贵的思想艺术根源，是华夏农耕文明的艺术瑰宝，也是天人合一的生态智慧的诗意凝结。因为受到长期的启蒙现代性和革命现代性的压抑，新诗人有意无意地遗失了古典山水田园诗的历史文脉，也意味着遗忘了诗歌的自然维度和地方感。袁行霈曾说："把握住崇尚自然的思想与崇尚自然之美的文学观念，就可以比较深入地理解中国人和中国文学。"[①]的确，当代生态诗人在全球性生态危机的后现代社会语境下重新聆听先贤的生态智慧，追踪先辈的足迹，亲近大自然，融入大自然，通过对古典山水田园诗的倾心借鉴，创造出了带着全新气象的生态诗歌，让古典山水田园诗的历史文脉得到最美的复活。我们可以看到当代生态诗人往往有自己极为倾心的古典山水田园诗人，例如于坚之于李

① 袁行霈：《中国文学概论》，高等教育出版社，1990，第86页。

白、苏轼，雷平阳之于杜甫，华海之于王维、陶渊明，李少君之于李白，津渡之于孟浩然，沈河之于王维，张二棍之于杜甫，等等。华海对此具有相当自觉的意识，他曾在《我与生态诗歌》一文中说："生态诗歌能为当代中国诗歌作出独特的贡献，对于我国古典自然诗歌，它传承'天人合一'的观念，连接上了被割断的民族诗歌血脉；对于当下现代和后现代实验诗歌，它却由生态整体出发实现质的转换，构成新的诗歌建设。"[①]的确，当我们阅读当代生态诗歌时，我们能真切地感受到伟大的古典山水田园诗人在当今时代再次复活了。

美国批评家赫姆林·加兰在《破碎的偶像》一书中曾说："显然，艺术的地方色彩是文学的生命力的源泉，是文学一向独具的特点。地方色彩可以比作一个人无穷地、不断地涌现出来的魅力。我们首先对差别发现兴趣；雷同从来不能那样吸引我们，不能像差别那样有刺激性，那样令人鼓舞。如果文学只是或主要是雷同，文学就要毁灭了。"[②]应该说，现代化、全球化就是标准化、同质化、模式化的过程，"现代性的根本诱惑……就是系统化，用一种整体性的系统使一切都失去差异。"[③]为了对抗这种标准化、系统化倾向，文学渴望展示地方色彩，标新立异。

① 华海：《生态诗境》，中国戏剧出版社，2008，第5页。

② [美]赫姆林·加兰：《破碎的偶像》，载《美国作家论文学》，刘保端等译，生活·读书·新知三联书店，1984，第58页。

③ 杨慧林：《当代神学的生态关注：两种神学进路的对比和启发》，《长江学术》2008年第2期。

现代主义、后现代主义文学只想着尝试各种极端的艺术实验，追求艺术风格的差异性，结果万变不离其宗，造成人过度的审美疲劳。而真正不会令人审美疲劳的，只能是大自然之美、大地之美。因此要说地方色彩，首要的还是像当代生态诗歌这样恢复对大自然的深度审美，重建色彩各异的地方感。

第二，当代生态诗歌重建新诗的地方认同意识，为现代人的迷失灵魂指明了一种救赎方向。

英国学者迈克·克朗曾说："人们并不单纯地给自己划一个地方范围，人们总是通过一种地区意识来定义自己，这是问题的关键……这些地方不仅仅是地球上的一些地点，每一个地方代表的是一整套的文化。它不仅表明你住在哪儿，你来自何方，而且说明了你是谁。"[1]的确，对特定地方的认同，往往意味着一种身份认同。现代文明是高度非地方化的文明，越来越标准化、同质化、功能化的空间设计，再加上都市空间日益远离大自然，这意味着现代人日益难以确立地方认同感；于是现代人往往就从性别、民族、种族、阶级之中寻找身份认同，结果陷入日益剧烈的纷争中。但是当代生态诗歌建构的地方感，真正敞开了大自然的堂奥，呼唤现代人从脚下的土地出发，亲近自然，爱护自然，融入自然，从而为迷失的灵魂寻觅到通往澄明境界的通道。

---

① [英]迈克·克朗：《文化地理学》，杨淑华等译，南京大学出版社，2005，第95-96页。

现代主义、后现代主义诗歌为我们描绘出一幅幅阴暗绝望的人生图景，但是当代生态诗歌则为我们接通了大自然的秘道，为我们指出了超越都市文明、消费主义文化的新方向。于坚就曾在诗歌中反复吟咏大自然对他生命的卓异影响，例如他写道："我和那些雄伟的山峰一起生活过许多年头/那些山峰之外是鹰的领空/它们使我和鹰更加接近……那些山峰造就了我/那些青铜器般的山峰/使我永远对高处怀着一种/初恋的激情/使我永远喜欢默默地攀登/喜欢大气磅礴的风景/在没有山岗的地方/我也俯视着世界。"①雄伟的山峰赋予了诗人看待世界的一种心灵高度，使得尘世无法欺压诗人，束缚诗人。华海在《山气》一诗中则写道："森林的气息/在不自觉中/深入骨髓/伸出无数细密的小手/抚慰肉体包裹的柔软灵魂/这自然的澄明之境，已让你/恍然失去语言的冲动……光影交错的林荫下生命/化为一股轻盈的烟云/被悄然染上早春新叶的香味/蘑菇的香味/野草莓的香味/像那喝醉酒的守林老者/在任意一棵树下沉沉睡去/那会儿，便有一朵紫红色的花/在旁边平静而执拗地盛开并把/清鲜的花香/一直送达睡眠的深处。"②融入自然，诗人便领悟到天人合一的澄明境界，所有生命疑难都在大自然的抚慰下冰消雪化。这种生命境界便是现代人渴望的救赎。

第三，当代生态诗歌通过对地方感的重建，呼唤现代人守护自然、守护大地，为生态文明的发展转型鸣锣开道。

① 于坚：《于坚集》第1卷，云南人民出版社，2004，第101页。

② 华海：《华海生态诗抄》，大众文艺出版社，2006，第19页。

于坚在《棕皮手记·1997—1998》中曾说："二十世纪崇尚的是'升华'，用解放者的眼光看待旧世界，看待大地。把日常生活、传统、大地统统视为解放的对象。以抽象的'终极关怀'否定具体的存在，否定'日常关怀'。"①的确，现代文明以征服者、支配者的形象君临大自然，结果导致了全球性的生态危机，有可能为现代人掘开自我埋葬的坟墓。因此，摆脱现代性这种高高在上的主体性、人类中心主义的强硬立场，融入特定的地方，亲近自然，爱护自然，就是现代人必须具备的生存意识。而当代生态诗人殚精竭虑建构的地方感，试图唤起的就是现代人对地方的皈依和守护意识，关键就是对自然生态的守护。诗人徐俊国曾说："中国诗歌之本的'意象传统'被卑琐的口语泡沫所颠覆，'草木气息'和'风景精神'被水泥地上的无根写作、词语装饰所遮蔽，老子'道法自然'的精神荡然无存，庄子'天地与我并生，而万物与我为一'的境界轰然破碎。在科学、技术、理性、工业、贪欲的合谋下，我们不再把自然当导师和亲戚，丧失了基本的谦卑和感恩之心，对自然强行整容和变相施虐，竹简、丝帛和宣纸上的自然死了一半，我们诗歌中的'山水精神'也死了一半。"②因此，当代生态诗歌就是对"草木气息""风景精神""山水精神"的致意，就是对老子、庄子生态智慧的召唤，就是对现代技术崇拜症和消费主义文

① 于坚：《于坚集》第5卷，云南人民出版社，2004，第69页。

② 徐俊国：《徐俊国诗选》，上海文艺出版社，2015，第184页。

化的彻底否定。

四、结语：地方感与全球感

当我们放眼全世界诗坛时，我们可以看到现代主义、后现代主义诗歌中极度盛行的那种漠视地方感、漠视大自然的实验写作正受到越来越多具有鲜明地方感、胸怀大自然的生态诗人拒绝，例如法国诗人雅姆，爱尔兰诗人希尼，英国诗人劳伦斯，威尔士诗人R.S.托马斯，美国诗人斯奈德、玛丽·奥利弗，以色列诗人阿米亥，俄罗斯楚瓦什诗人艾基，日本诗人谷川俊太郎，韩国诗人高银，等等。他们相信海德格尔所说的诤诤名言："诗并不飞翔凌越大地之上以逃避大地的羁绊，盘旋其上。正是诗，首次将人带回大地，使人属于这大地，并因此使他安居。"[1]的确，诗歌如果不把人带回大地，使人能够诗意地安居于大地，又如何称得上人类艺术的瑰宝呢？而要诗意地安居于大地，重建现代人的地方感便是首要的任务。

因此，于坚、雷平阳、吉狄马加等当代生态诗人返回地方、恢复地方感，从表面上看是一种反现代性的精神倒退，其实却是接通生命大道的激流勇进，因为真实的地方感往往意味着真实的全球感。正如爱默生所言："最好的地方就是人们脚下的那片地方……对他来说，大与小是相对的。瓦尔登湖是一个小的海洋，而大西洋是一个大的瓦

① 郜元宝译：《人，诗意地安居——海德格尔语要》，上海远东出版社，1995，第93页。

尔登湖。”[①]最好的地方就是脚下的地方，脚下的地方就是地球的一部分，地方感本身就是全球感的一部分。因此不要担心地方感会限制生态诗人的眼界，只要能够真正地进入地方，融入大自然，生态诗人就能够为我们揭示具有全球意义的生命新方向。

最后，我们来看看于坚的《便条集·153》：“我只能信任大地/我信任它会使钻石/成为钻石/狮子成为狮子/鬣狗成为鬣狗/真理公正/我信任着它/会使耕种者成为喜悦的人……在这个时代/我只能信任大地。”[②]毫无疑问，当代生态诗歌为新诗发展指明的新方向就是信任大地。这种对大地的信任曾经孕育出古典山水田园诗歌的辉煌高峰，我们相信它也可以造就生态诗歌的辉煌未来。

作者：汪树东　武汉大学文学院教授、博士生导师

① 转引自程虹：《承载着人类精神的土地》，《读书》2013年第11期。

② 于坚：《于坚集》第2卷，云南人民出版社，2004，第259页。

生态诗歌应该辩证地书写

——生态诗歌随想

唐德亮

近年来，中国生态诗歌日渐繁荣，许多诗人将目光投向这片领地，出现了一大批优秀的诗作，产生了一定的影响，为中国新诗宝库增添了不少瑰丽的篇章。

纵观这些生态诗作，大多是对现代文明与生态灾难的反思，对人类中心主义的批判。这是完全必要的。但是，在这一过程中，又出现了另一种倾向，即现代文明与改造自然都是错误的，似乎从一个极端走向了另一个极端，即从人类中心走向了自然中心。

那么，生态诗歌应该怎么写？是以人类为中心，还是以自然生态为中心？

自然的生态的确值得歌颂，大书特书，大写特写，美好的、原始的山川荒野、古树森林令人迷醉，令人心旷神怡；人类中心主义的确应该批判，肆意破坏生态的行为应该继续深入、全面地揭露、鞭笞，不然，更多、更大的自然灾害与生态灾难必然会降临，真的会出现“最后一滴水，是人类的泪”的悲惨局面。但是，如果一味沉溺于自然，不改造自然，不追求与创造现代文明，沉迷“返璞归真”，那社会如何进步？现代化如何实现？会不会从“返璞归真”变成“返祖归真”？

因此，以吾愚见，自然与人类两者的偏颇都不可取。生态诗歌的创作，应该遵从辩证法，全面地、客观地、辩证地看待改造自然与现代文明。

人与自然，是对立的统一。我们固然不能以人类为中心，但也不能以自然为中心，而该是人与自然和谐地相处。但是，这种和谐相处有时并不以人的意志为转移，大自然有时也会露出其恐怖的一面，比如地震与海啸，你想与它和谐，但它却拒绝与你和谐。人类不能被动地与大自然和谐地相处。有位伟人说，景阳冈上的老虎，“总之是要吃人的。或者把老虎打死，或者被老虎吃掉，二者必居其一”。有人说，可以避开、逃跑呀。那跑不掉怎么办？人怎么跑得过四条腿的猛虎？今天我们不再提倡打虎，老虎已是国家保护的野生动物。只是拿这一事例说明，有时，人不能被动地与大自然和谐地相处。二十世纪我们有个口号叫“向自然进军”“征服自然、改造自然”，这个口号有正确的地方，也有不那么正确的地方。不那么正确的地方在于笼统地把“大自然”当成了敌人，正确的地方在于对于恶劣的自然环境，我们的确应该征服或改造。比如修建川藏公路，筑路大军就要征服绝壁天险，逢山开路，遇水架桥，终于“天险变通途”修成一条全长2412公里的西藏人民的幸福路。著名诗人高平是修建川藏公路的亲历者，他在《打通雀儿山》一诗中，对解放军修路有生动的描写：“提起雀儿山/自古少人烟/飞鸟也难上山顶/终年雪不断//地冻三尺深/乱石把路拦/开辟康藏交通线/这是一道关。”看，这是多么恶劣的自然环境，不改造行吗？“山高坡又陡/做工没处站/绳子拴在腰中间/悬空打炮眼//满山炸药响/碎石四下崩/铁山也要劈两半/不通也要通。”诗句形象地写出了筑路大军征服恶劣的自然环境的生动场景。

郭小川的《刻在北大荒的土地上》也可说是一首别有韵味的生态诗。诗人先写北大荒开发前的自然生态：

> 这片土地哟，头枕边山、面向国门，
> 风急路又远啊，连古代的旅行家都难以问津；
> 这片土地哟，背靠林海，脚踏湖心，
> 水深雪又厚啊，连驿站的千里马都不便扬尘。
>
> 这片土地哟，一直如大梦沉沉！
> 几百里没有人声，但听狼嚎、熊吼、猛虎长吟，
> 这片土地哟，一直是荒草森森！
> 几十天没有人影，但见蓝天、绿水、红日如轮。
>
> 这片土地哟，过去好似被遗忘的母亲！
> 那清澈的湖水啊，像她的眼睛一样望尽黄昏；
> 这片土地哟，过去犹如被放逐的黎民！
> 那空静的山谷啊，像他的耳朵一样听候足音。

这片土地可谓荒凉而又寂寞，“水深雪又厚啊，连驿站的千里马都不便扬尘”，可见自然环境生态多么恶劣。但是，“1954年隆冬，北风早已吹裂大地，冰雪正封闭着

古老的柴门”时分，一批转业的革命军人开进这里，“用满身的热气冲开弥天的雪阵”。“放一把大火烧开通路，用雪亮的刺刀斩草除根！”“哦，没有拖拉机、没有车队、没有马群……却有几万亩土地——在温暖的春风里翻了个身！哦，没有住宅区，没有野店、没有烟村……却有几个国营农场——在如林的帐篷里站定了脚跟！”经过创业者们艰苦卓绝的奋斗，北大荒变成了北大仓，出现了另一番生态景象：

请听：燕语和风声、松涛和雷阵——
在这里的生活歌曲中，永远是一样地悦耳感人！
请看：寒流和春雨、雪地和花荫——
在这里的历史画卷中，永远是一样的醒目动心！

这是改造后的新北大荒，是为人类做出巨大贡献的“北大荒—北大仓”，也是人与自然对立统一和谐的北大荒。这样的生态诗，难道没有意义么？有一首《红旗渠感怀》也如此。该诗先书写林县人民自力更生、艰苦奋斗、战胜恶劣自然环境、引来漳河水的红旗渠精神，最后改变了红旗渠的生态：

清甜的渠水复苏了林县的土地
将枯萎的草木唱绿
把遍野的麦穗唱金

让贫瘠的土地披上盛世华衣
绽放彩色的笑靥

这样的生态美景，不正是林县人民期盼的么？这是经过人民群众奋斗达到的另一种“天人合一”。

辩证地书写创作生态诗歌，目光不能只对准原始的自然生态，还应该对准人类改造后的自然生态。我们许多“宜居城市”“宜居环境”不就是人类改造、建设出来的吗？

综上所述，我们创作生态诗歌，必须要用辩证法的眼光去分析，用科学的视野思维去思考生态现象，用形象思维去创作，努力写出更丰满深刻的生态诗歌，使生态诗歌这朵花更鲜艳夺目，从而更好地推动生态文明与社会文明的进步与发展。

作者：唐德亮　中国作家协会会员，广东作家协会理事，广东作家协会诗歌委员会副主任，国家一级作家

生态诗歌的意象与实践美学

——以华海主编的《庚子生态诗歌选本》为例

苏奇飞

一

诗歌意象是融入创作主体的主观情志的客观物象，是具有审美特性的艺术形象。《周易·系辞》中已经提到“观物取象”“立象以尽意”的重要见解。从“观物”到“取象”，再到“尽意”，体现了艺术创作中“我”渐融于物、移情于物而达到物我融合的过程。而生态诗歌作为随着（后）工业时代应运而生的文学样式，既具有传统写景抒情诗、咏物诗的“诗家”自然意象，又兼具工业时代的独特意象，统而观之，生态诗歌意象具有反映生态自然的永恒普遍性与表现人类社会发展的时代性。从统计学的角度来分析生态诗歌意象，可以管窥生态诗歌创作的普遍规律和共性，也即“诗豹”的全貌。

以华海主编、南方出版社出版的《庚子生态诗歌选本》为例，生态诗歌涉及的地理地貌、人文景观（第二自然）意象大概有：田园、森林、湿地、江、湖、海、河、溪、峡、岛、瀑、山、坡、岩石、洞、山谷、滩涂、草原、荒漠、冰川、黄土塬、桥、农庄、公园、自然保护区……这类自然场景与人类工业社会相对照、相对立，往往是生态诗人憧憬的理想境界，是生态体验和诗意生发的场域，为人的诗意栖居提供地域空间上的可能。

生态诗歌涉及的宇宙意象有：太阳、月亮、星星（星空）、银河、蓝天、云霞、苍穹……这类意象使创作主体萌发时间意识、生命意识和宇宙意识，作为人类的参考坐标系，在更大范围内引发诗人的终极思考，以宇宙永恒的维度反观人之渺小与短暂，从而迫使凌驾于自然万物之上的人更好地认清和摆正自己的位置。

生态诗歌涉及的动物意象有：鸟类、蝙蝠、蝴蝶、蜜蜂、蟋蟀、蚂蚁、虫、鸡、马、牛、羊、虎、狼、鹿、兔、青蛙、蛇、鱼、蝌蚪、田螺……植物意象有：草、树、花朵、芦苇、青苔、茶、稻草……动植物意象是生态诗歌的核心意象，是寄寓诗人主观情志与意旨的审美客观对象，也是诗人观照、感悟、省察的触发点。众生平等，它们寄托了人与自然融洽为一、和谐共生的迫切诉求。

生态诗歌涉及的工业时代意象有：挖土机、工厂烟囱、污水、地铁、氟利昂、雾霾、互联网、氧气瓶……这类意象构成生态意识、生态文学与生态美学生发的时代大背景，往往被视为站在生态文明和诗意的对立面，一个心灵与精神的“异乡”，是自然环境的破坏者，损害人身心健康的“凶手”（“氧气瓶”又充当了救护者的角色），也是生态危机和现时代生存困境的肇事者，因此也就成为生态诗人批判的对象。生态诗人由此而发自内心地呼吁、唤醒，发出发聋振聩之声，在人类生存的意义上彰显了可贵的大善、良知。

生态诗歌涉及的庚子年意象有：新冠病毒、口罩、核酸检测、白衣天使……全球病毒大流行增强了人们的生态意识，同时又倒逼人类反躬自省，收敛人类中心主义的狂妄姿态，客观上引发了生态主题文学创作和研究的热潮。而生态诗歌的兴起正当其时，发挥了特殊的“疗伤”作用，折射出了宏大的政治意义。

从以上对生态诗歌意象的统计分析，可以窥探生态诗歌创作整体性景观和相似性特征，生态诗歌写作具有较强的类型化的趋向。

二

生态诗歌往往用把事物人格化的拟人手法，甚至反讽手法，表现对自然环境的破坏与污染，直陈人类的肇祸与罪愆，传达出对生态状况的深深忧虑，对环境破坏行为的强烈不满与控诉。“天，竟然漏了一个洞/这生命的蓝色保护膜，被氟利昂/恶作剧的手指顶穿了……透过洞孔，你看到未来，一双冷峻的眼睛/像逼视，也像拷问：人啊，你拿什么来做补丁？”（华海《臭氧层》）诗人就像大自然的法官，为大自然辩护，在审判席上以严肃的口气拷问破坏臭氧层的恶作剧者，以自然律法宣告了凌驾于万物之上的人之罪恶。“PM2.5在天空黑着脸”（华海《冰川的黑帽子》）这样的诗句隐含着诗人对工业时代碳超量排放而导致雾霾现象的忧虑，体现了强烈的生态危机意识。“造山的人在我眼里形象英挺/如果用垃圾再造星球的倩影”（粥样《垃圾山》）这些诗句用反讽手法，针砭时弊，发人深省，无情地讽刺了垃圾污染的现象。

三

生态诗歌往往用比拟、移情手法，假托外物之口而言述生态破坏、环境污染带给人的伤害、痛苦、恐惧、无奈和绝望，反客为主地表现万物亟待与人类对话的渴望，彰显了生命共同体的现代性理念。正如生态诗人敕勒川在《诗歌中的生态焦虑》一文中所说："我们只是自然的一部分，而且是兄弟一般有着血缘关系的一部分。"[①]自然生物的伤痛与绝望，也是我们人类本身的伤痛与绝望。"你砍最后一棵树的时候/我受伤的肉体在流血。"（华海《你砍最后一棵树》）树身即我身，物我同脉，生命一体，树被砍伐，而人能够感同身受，也有切肤之痛，从而委婉地表达了爱护自然即是爱护人类自己的思想。"只一夜之间/挖土机倒来的泥土/就没过了我还在发育的腰……一大斗泥土就泼过来/眼前一黑，永远不见。"（马忠《一棵无辜的树》）这些诗句，写出了在土地经济开发、住宅区肆意扩张过程中，一棵小树被挖土机掩埋而发出的绝望的呼救，物犹如此，人何以堪，类似于陷入生态灾难中的人发出的绝望的呼救。这是诗人借小树而发出的振聋发聩之声。小树无辜受害，而人类最终也会自食恶果。一棵砍光枝条的腊梅，"它的伤口处/和我们一样/戴着口罩"（孙淮田《迟

① 敕勒川：《诗歌中的生态焦虑》，载《生态清远评论集》，岭南美术出版社，2020，第44页。

开的腊梅》）。诗人通过写树的伤口，道出暴殄天物、摧残生灵而最终会使人类遭受同样的伤痛，树的不幸命运反照在生态危机中人的命运。“这些患着佝偻病的男人和女人……身后拖着巨大的氧气瓶/突然腾空而起在污浊的上空扇动翅膀。”（侯良学《我看见背着氧气罐的鸟在天空飞翔》）诗歌以拟物手法，涂抹上超现实主义的色彩，直接写出了环境污染对人类造成的触目惊心的伤害。

四

生态诗歌还反映了人类（诗人）的自我反思、省察、觉醒，以自然万物为镜子，对镜自照，坦白承认自身的短视和狂妄自大，而对自然抱以宽容和敬意。“我把自己浅薄、短视的心/偷偷放在一窝鸟蛋中孵化。”（华海《隐身》）“请把高傲的头低下，会看到更低的真理。”（华海《湿地》）“宽容一棵藤蔓，站立在路的中间……就到山顶/或深谷里大吼一声吧——看看大山的万物如何回答你/孤独而渺小的声音。”（唐小桃《在大山行走》）这些诗句体现了摆正自我在自然中的位置的自觉和齐物思想的回归，以及对生态秩序的维护、生态文明的觉醒。

五

生态诗歌可能的实践意义和现实价值。评论家杨庆祥在《不学诗，无以言》一文中说：“如果仅仅从题材的意义上，或者从一首诗的文本去讨论生态诗歌，它是没有意义的。因为它不是一个题材的概念。它是我们关于人，在此时此刻的世界里如何认识自我并如何去采取行动的这样一种自我认知和实践的行为。”[①]从诗歌文本（文学审美文本）到可能的实践行动，生态诗歌起到传媒影响的作用。作为一种观念性很强的诗学，生态诗歌将改变人看待世界的思想观念，以及改造世界的思维方式，进而改变人的生产和生活方式，促进人从现代技术生活中回归一种绿色生活，重新发现遗忘已久的诗意，努力修复一种破碎的生活诗境。在宏观层面上，生态诗歌可能促进规划发展战略、环境政策和工业布局的优化，以及对已有政策的檃栝、修正，进而影响人类文明发展的进程。当然，这是最美好的理想。毕竟，生态诗歌只是一种隐含的实践美学，而不是一份行动纲领和规划方案。

作者：苏奇飞　清远作协诗歌创作委员会副主任

① 杨庆祥：《不学诗，无以言》，载《生态清远评论集》，岭南美术出版社，2020，第56页。

生态诗的当代价值

王珂

生态诗不但受到一些诗人的重视，出现了华海这样的优秀诗人和“清远生态诗群”这样的优秀诗群，也引起了理论家的重视。中国台湾学者林于弘在《台湾新诗分类学》（鹰汉文化公司2004年版）一书中探讨了台湾的八种诗：政治诗、都市诗、生态诗、母语诗、女性诗、小诗、后现代诗和网路诗。王珂在《新诗现代性建设研究》（东南大学出版社2015年版）一书中认为新诗已经建立起九大诗题：校园诗、城市诗、乡土诗、生态诗、旅游诗、爱情诗、打油诗、哲理诗、政治诗。

2012年1月，“第二届台湾诗学创作奖”专门设置了“生态组诗奖”，向华文诗界征集生态诗。宗旨是：“推广诗创作，带动创作风气，鼓励诗创作者，关怀地球生态。”主办单位是台湾诗学季刊杂志社·吹鼓吹诗论坛，得奖作品刊登于《台湾诗学·吹鼓吹诗论坛15号》及《台湾生态诗选》中。共七人获奖，大陆诗人四人——辽宁鞍山的田力、湖北武汉的夜鱼、河南固始的李庆华、福建福州的锦天翡鸿；台湾诗人两人——桃园的刘金雄、屏东的李巧薇；澳门诗人一人——川井深一。

生态决定功能，功能决定文体。中国古代的田园诗、山水诗，英国华兹华斯、柯勒律治为代表的“湖畔派”诗歌，与今日中国的生态诗都有异曲同工之处。值得注意的是近年中国大陆的生态诗，与社会变革休戚相关。如果没有学术研究上的“生态美学研究”，政治及国策上的“生态文明建设”，生态诗的创作不可能如此繁荣。中国大陆生态诗的这一特殊生态决定了生态诗具有与时俱进的特性。

因此，应该从“现代汉诗”的意义上来界定生态诗的当代价值。现代汉诗是用现代汉语和现代诗体抒写现代生活和现代情感、具有现代意识和现代精神的语言艺术。即新时代新诗应该叫现代汉诗，新诗的现代化必须与中国人的现代化同步，新诗的现代性建设必须为中国的现代性建设作贡献。在新时代，生态诗应该为“中国梦”及“中华民族伟大复兴”作贡献。尤其是要承担两大时代重任：一、培养健康的现代中国人；二、打造科学的现代中国。倡导五大现代观念：一、现代情感重视自然情感和社会情感的和谐；二、现代意识重视个人意识和群体意识的融合；三、现代思维重视语言思维与图像思维的综合；四、现代文化强调保守主义与激进主义的共处；五、现代政治追求宽松自由与节制法则的和解。

可以总结出当代生态诗的四大价值：一、治疗。强调诗是一种工具而不是一种说教（世界诗歌疗法协会主席阿瑟·勒内语）。二、抒情。强调抒情大于叙事，浪漫主义大于现实主义。三、审美。强调诗美（语言形式、写作技巧美）大于自然美，以优秀诗人的身份写生态诗。四、启蒙。强调全国性（世界性）大于地方性，反对狭隘的地方主义。

世界卫生组织制定的健康人的三大标准是身体健康、心理健康和社会适应能力。社会适应能力的三要素是自信、自尊、自由。当代生态诗与古代生态诗（山水田园诗）都有利于身体健康和心理健康，但是前者更应该重视社会适应能力。我们有必要确定这样的生态诗写作伦理：普通诗人更重视诗的治疗功能，优秀诗人更重视诗的启蒙功能，特别是大诗人要高度重视现代性建设，处理好传统与现代、环境保护与经济发展、科学与艺术、诗人个体与大众群体、歌颂与批判、牧歌写作与挽歌写作等复杂关系。生态诗人必须倡导科学精神，尤其要重视科学特有的进化特征，不能借保护生态为由阻碍科学的进步，还要重视现代社会的商业化和工业化特质，要有“经济意识”。构成现代社会的商业文明和工业文明都高度重视投入与产出的关系，重视经济效益。因此新时代的生态诗人不能借写生态诗来逃避火热的现代生活（经济生活和政治生活）。不能像古代生态诗人那样“温柔敦厚”，过分采用“以静制动”的生存方式，更不能因为重视生态文明建设而从经济建设的主战场“后撤”，应该“主动出击”，积极“介入生活”。只有能将自然意识、生命意识和使命意识三者有机结合的诗人，才是今日生态诗的大诗人，才是这个时代需要的真诗人。生态诗的一大任务是反思现代性的弊端，完成对现代性的批判。正如某个地区过度的经济开发会付出环境恶化的代价一样，一些过分强调生态保护的生态诗是反现代性的，会阻碍中国的现代化进程，不利于“中国梦”的早日实现。

作者：王珂　东南大学人文学院中文系教授、博士生导师，东南大学现代汉诗研究所所长

面向未来的生态诗歌写作

刘茉琳

我的题目是《面向未来的生态诗歌写作》，想谈的话题有三个：一是时间维度，二是语言问题，三是诗意问题。

首先是时间维度。

题目中所言虽然只有“未来”，其实准确地说，时间应该包括过去、现在与未来。我们作为生态诗人，大家很喜欢写过去的美好，抨击以前的错误，描述当下的黑暗与丑陋，但不要忘记了，任何时候关于过去的写作都应该是面向未来的。这就好比一个“倒后镜”式的操作，看后面是为了更好地前进。

好的诗歌应该是能自然地呈现一个时间的维度的。

比如华海的《石漠》，标题里的“石漠”一词就已经带来了疑问。石头如何被留下最终形成了石头的荒漠，这本身就是一个关于时空的话题。在石漠的身上，我们就可以同时领略到过去与当下，而诗的结尾写道：“我们依然相信石头里藏着真言/相信某一天，石头也会说话。”这就同时指向了未来。这种时间维度的意识在华海的生态诗里常常出现，如《你砍最后一棵树》《冰山的黑帽子》都有时间的维度帮助诗歌在有限的语言表达里进行意义的延展。

又如孙淮田《迟开的腊梅》，从第一句“这一株腊梅不会开花了”就有了时间维度，里面的“不会”同时包含过去种下的因，也指向未来的果。最后一句“你看，它的伤口处/和我们一样/戴着口罩”则定格了当下，将庚子年从时间维度中突显出来，并且在诗句中留下永恒的印迹。所以，这是时间维度，既是有过去、当下与未来的纵深的，也是关于特殊当下的坐标的，而生态诗歌本身就是在时间维度里产生意义的。

其二，从语言的角度来探讨生态诗歌写作。

我们当下这个世界，如果说自然世界的版图已经被伤害、被开发殆尽，我认为以人的行为为前提标准，人类可开垦的世界就是语言。语言本身就是我们可以探索、可以开发的最后一块版图，而语言的世界其实也会遭到生态破坏，也是需要保护的。诗人就应该有这样的一种自我责任，要去不断推动语言的进步，像矿工打井，不断向深处推进。

写诗、读诗、评诗有一个很重要的出发点就是对语言的尊重。诗最需要的是语言能力；语言能力是诗歌的本质能力，是决定性能力。因为在诗的世界里，语言就是诗，诗就是语言。诗与语言的关系犹如洋葱，不是包裹性，是同构性，否则你把洋葱剥到最后什么也不会剩下。

我们的《庚子生态诗歌选本》里，有刚杰·索木东的口语入诗，也有唐德亮的优美的书面语，当然也有像黄礼孩、黄金明那种非常凝练的诗性语言。诗的语言应该是丰富的，是有个人风格的，这也符合生态的丰富性，但首先一定要有一个对诗歌语言的要求与尊重，正如艾略特在《诗的社会功能》里所提到的，“诗人作为诗人对本民族只负有间接义务；而对语言则负有直接义务，首先是维护，其次是扩展和改进。在表现别人的感受的同时，他也改变了这种感受，因为他使得人们对它的意识程度提高了；诗人使得人们更加清楚地知觉到他们已经感受到的东西。”

所以，容许我们把“生态”一词再拓展一点，不仅指向我们生存的世界，也移植于我们的语言世界。诗歌是文学中的最高形式，正是诗的语言在定义我们对世界的感受，对世界感受的宽广，对世界体验的敏感，对世界把握的粗糙，对世界表达的提炼。真正的诗人会带领整个民族进行一种语言审美以及感受性的拓展。

最后，我想说的就是诗歌创作中的诗意问题。

生态诗歌写作中有很多文本描写自己的童年，描写过去的美好，描写一个美好的环境，描写一个动人的风景。这些诗歌可能已经走了九十九步，但其实仍然不尽如人意，似乎美则美矣，尚缺诗意。

诗意到底是什么？也许我们可以从诗歌创作与生活的关系中找到答案。

黄礼孩写《它在摆脱速度带来的繁华》，第一节写出了一个卑微、冷酷、弱小的生命在天地间的体验；第二节以对比的手法呈现有人追求烈焰般的刺激、有人追求速度的冲浪，而这个诗里的主体生命却有自己的螺旋与冥想，它用自己的黏液留下“记忆的余味”；诗在最后揭开谜底——书写对象是“蜗牛”。此时回看整首诗，就会感叹原来诗人每一句都是对蜗牛的实写，但同时诗意就在这种描写中产生。因为这里的描写不是直接的形态、动作的描写，而是在更广阔的天地、命运与哲学的高度上寻找到对应的描述，诗人是把自己内心对于世界的整体把握投射在蜗牛身上，诗意在这个过程中产生。

所以，诗歌绝非简单的“我手写我口”，更不是“我手写我眼”，是“我手写我心”。这个“心”是指诗人心里要有一个本质世界，是关乎于生态世界的，而这个“心”要外化，要文学化、符号化、想象化。

所谓诗“情动于中而形于言”，这个“动”是怎么动？只是简单的感动肯定是不够的；“形”又是怎么形？只是简单的描述也是不够的。文学不是仅仅描述生活的，诗更不是用来描述生活的。文学，尤其是诗，它要追求创造生活，界定生活，指出理想的生活。写诗、读诗、评诗的人都应该有这样的责任感与内在驱动。

最后，虽然生态诗歌写作围绕的是21世纪的汉语诗歌写作，但其实面对的问题是20世纪留下的。20世纪留下了大量的精神遗产，同时也留下了很大的精神黑洞。比如20世纪留下的关于“人”的谜题：拥有最伟大的光辉的是人，展示了最可怖的黑暗的也是人。生态诗歌写作向外探索有宇宙的广阔空间，向内转身则有人的内心世界等待揭秘，同时还有语言世界可以深入，精神世界有待开发，应该说大有可为。我们用生态诗歌写作来抵抗异化，拯救单向度的人，期待在健康的生态环境中的健康的、完整的、人之所以为人的、真正的、大写的人。

作者：刘茉琳　广东技术师范大学副教授，广东省作家协会会员，广东省当代文学学会副秘书长

生态诗歌的广东经验

伍方斐

在中国生态文学根深叶茂、绿意盎然的生态版图上，生态诗歌是一个古木参天、新枝纷披的品类，也是一个具有自身独特性的、复杂多样的、文学生态群落。如何在农耕时代田园诗、山水诗、隐逸诗等古老的文学传统和工业与后工业时代城市化、信息化、人机一体化的复杂现实之间，找到平衡点和新的体验方式与表达策略，是当代生态诗歌包括生态文学需要探索的课题。新世纪以来尤其是当下粤港澳大湾区语境中的广东生态诗歌，从当代性、文学性和实践性等维度，为这种探索提供了有益的尝试和经验。

广东生态诗歌的突出特点之一是它的当代性，这也是生态诗歌区别于传统自然诗歌的时代特征。生态诗歌所处理的生态经验不是原生态或农耕时代的自然，而是由农业、工业和后工业文明互动共生形成的人、自然与环境多元一体的、富有张力的生态系统。这一点在珠三角尤其突出。新世纪之初，杨克写下名作《在东莞，遇见一小块稻田》，“厂房的脚趾缝/矮脚稻/拼命抱住最后一些土/它的根锚/疲惫地张着/愤怒的手，想从泥水里/抠出鸟声和虫叫……青黄的稻穗/一直晃在/欣喜和悲痛的瞬间”，形象展示了农业文明与工业文明碰撞出的悲欣交集的生态现实。二十年后，他描绘深港之交的后工业生态：“摩天大厦如一株株稻秧/叙说广种福田的春天故事/白鹭依稀，无人机近了又远/落马洲再过去就是粉岭/山河一脉，时近中秋/风过耳，我听见余洛的鹧鸪啼叫/虚拟空间草长莺飞。”（《在赛格顶层眺望落马洲》）由历史与现实、科技与人文、生态与业态构成的全息生态“动图”，多了一份天人合一、人机一体的和谐与自信。

与杨克的“遇见”和“眺望”角度不同，打工诗人们本身就是珠三角工业生态的一部分，他们的生态书写带有感同身受或代生态立言的特点。郑小琼的长诗《变异的村庄》写到工业文明巨大的同化力量，“楼群、工厂、混凝土，从泥土到我/从机器的手臂到我的手臂，玉米叶，水稻苗/我的肌肉、骨骼、皮毛都成了机器的一部分”，对过度城市化给乡村的自然和人文生态带来的异化提出警醒。郭金牛的生态题材诗作侧重表现“纸上还乡”的乡土理想和批判精神，“City、Urban。我有多久没有走马饮江湖？环境，缺木。资源，缺水。生态，缺兽。但为什么我依然获得了/赞美？”（《杀湖曲》）这种置身第一现场的生态诗歌，与广东工业诗歌的人性关怀相呼应，把生物伦理、环境伦理与人文关怀融为一体，反映出生态文明建设与社会建设相结合的切身需求。关注当下的生存经验与生态难题，为广东生态诗歌灌注了饱满的当代感和未来意识。

广东生态诗歌的第二个特点是以生态意识强化生态诗歌的文体自觉和诗学追求，提升生态诗歌的文学性。生态诗歌与自然题材诗歌和一般诗歌的区别，在于它是生态意识内化于诗意想象的结晶，文体上具有鲜明的生态美学特征，诗学上注重生态整体主义思维和感性与理性的结合，这是生态诗歌文学性的特色所在。广东生态诗歌的文学探索也特别注重这种诗学建构与创作实践的结合，“宇宙生态诗学”和“完整性写作”就是其中的代表。华海早在本世纪初就率先打出“生态诗歌”旗号，逐步建立起以“生命共同体”意识为核心，以“生态诗歌的批判性、体验性和梦想性”为美学特征，以重建人与自然的和谐关系为指向的生态诗学理论构想，出版国内第一部生态诗歌研究专集和国内第一部个人生态诗集，以及《生态诗境》《静福山》《蓝之岛》等富于艺术个性和地域特色的系列生态诗集和诗论集。近期更以《太空岛》等科幻生态诗创作为基础，从生态整体主义视角推进具有未来性和终极意义的“宇宙生态诗学”，为生态诗歌的文体实验和文学探索继续寻找原创性突破。

“完整性写作”以世宾、东荡子、黄礼孩、黄金明等为代表，是注重探寻自然、人文与社会生态的“完整性”的理想主义文学书写。从“整体、完整与美”把握人与自然和社会的关系，从而建构一个“宽阔、坚定，充满爱和存在感的生命世界”，是完整性写作的宗旨。世宾的长篇诗论《梦想及其通知的世界——“完整性写作”的诗学原理》，探讨“使人重新回到大地，使人类坚定而美好地活着”这一朴素的“梦想”，如何通过“以人的完整照亮现实”修复破碎的自然和碎片化的世界。他的《天空》《自然之诗》《车八岭》等生态诗，侧重挖掘自然的社会性，表达生态整体主义的人文理想与忧思。东荡子的《杜若之歌》《王冠》《灵魂和土地》、黄礼孩的《飞鸟和昆虫》《苔藓》《它在摆脱速度带来的繁华》等，注重发现“次等”动植物世界的人性与神性，让被工业文明“祛魅”的自然在后工业时代“复魅”或“再神圣化”，重建自然与社会的血脉联系。黄金明的《反田园诗》《大自然的链条》《河岸》等长诗，以气势磅礴而洞幽烛微的哲思书写故土的生态变迁，承接田园山水诗的古老文脉，为当代生态诗歌构筑起富于历史感的文学视野和具有穿透力的文学品质。“完整性写作”对文学的生态维度及其人文性的开掘，扩大了“文学是人学”的内涵，使文学成为“大号的‘人学’”。

广东生态诗歌的第三个特点是实践性或在地化。实践性是生态文学的核心指向，生态文学本质上是生态书写、生态批评、生态实践三位一体的文学。在地化就是生态意识的落地生根，开花结果。生态文学以生态书写和生态批评入手，从创作和理论两翼促进生态意识和环保意识的普及，进而与日常生活和社会变革相结合，成为生态文明建设的一种普及方法和实践应用。广东或粤港澳大湾区生态圈的生态诗歌实践，主要通过倡导、推广、普及等在地化环节展开。典型的例子是以华海、唐德亮等为代表的粤北生态诗歌群。十多年来，他们的生态文学实践从自发走向自觉，从个体走向集群，接续清远山川地理、历史人文的“地气”构建生态诗歌的地方性和生态实践的在地化。尤其是进入新时代以来，他们组织编辑出版多卷本“生态清远文学丛书”和多种全国性的生态诗歌选本，连续多年举办以生态为主题的清远诗歌节和生态文化论坛，精心打造江心岛生态文学文化园区，以“生态清远”为基地，凝聚广东和全国的生态诗人，吸引普通市民和全社会参与，影响也不断跨界跨区域，从清远走向全省和全国。此外，以《大海的神谕——阳江海洋诗选》《找回大海的天赋——中国当代海洋诗选》和湛江海洋诗会等为标志的粤西“海洋诗群”，以客家原乡和客都梅州为乡土原点、扎根山地自然与绿色人文的粤东“次生林诗群”，和珠三角以深圳“大鹏生态文学奖”、东莞“森林诗歌节”、“观音山生态文学榜”、国际文学与生态文化论坛等为代表的常态化生态文学评奖与推广机制的建立，表明生态诗歌和生态文学已在粤港澳大湾区生态圈开枝散叶，正通过自觉的在地化实践，形成具有鲜明地域和产业特色的实践成果和推广品牌。生态诗歌与生态文学的系统性实践在广东迈出了坚实的步伐。

总之，作为改革开放前沿和全球最大城市群之一，粤港澳大湾区及其生态圈，既有工业化、都市化带来的生态压力，也有经济建设、社会建设和生态文明建设等方面的丰富经验。在此基础上，广东生态文学尤其是生态诗歌在反映当代社会及其生态现实的广度和深度，在艺术表现的独创性和多样性，在介入生态实践的参与性和在地化，在突破生态诗歌的文体瓶颈和影响圈子化等方面，取得了不少开拓性成果，值得关注、期待和总结借鉴。

作者：伍方斐　广东外语外贸大学中文学院教授，广东中国当代文学学会副会长

要增强生态诗歌的文体意识

侯良学

2009年，在北京大学参加“生态文学和环境教育国际学术研讨会”的时候，华海、我、红豆、姜长荣成立了中国生态诗歌团队。当时由华海提议，我们筹备出版《中国生态诗歌档案》，然而这本书终究没有编辑出来。后来山东的一位诗人想编辑出版一本《中国当代生态诗选》，也没有成功。2015年，我和红豆在“中国生态诗歌”博客上举办了“中国当代生态诗大展”，后来把优秀的作品在博客上推出来。我们又大量阅读从白话诗到当代诗歌的作品，从中选出一些具有生态意识的作品，想编辑出版一本《中国当代生态诗选》，编好以后找了几家出版社，却没有一家出版社愿意出版。终于，在2021年，离2009年已经过去了12年，《庚子生态诗歌选本》出版了，这是中国大陆出版的第一本生态诗选，具有很强的时代意义，可以说是中国生态诗歌的一次集体亮相。

编辑和出版这样一本生态诗选遇到的问题肯定是很多的，第一个问题就是什么是生态诗歌？目前我比较赞同闫建华的观点，她把生态诗歌分为广义生态诗歌和狭义生态诗歌。广义上的生态诗歌，其范围可谓涵盖中外，贯穿古今，尽管诗人在他们各自创作的时代未必有明确的生态意识，但是读者能够从其诗歌中解读出生态的意蕴。而狭义上的生态诗歌是指："现代化进程所造成的生态灾难和生态危机迫使身处这一历史语境的当代诗人不得不关注传统自然诗人尚未意识到，或是尚未被迫去面对的关乎自然、环境、生态以及社会的一系列焦点问题。如此一来，生态关怀亦即对自然和地方的保护、恢复和改善以及对人与人之间环境正义的关注、对人与其他物种之间乃至物种与物种之间种际关系的关注就成为生态诗歌最基本的价值取向和伦理取向。"我的诗歌的一个研究者申文军，也认为生态文学（包括生态诗歌）应该划分为纯生态文学（或者说狭义的生态文学）和一般的、广义的生态文学。纯生态文学，具有鲜明的文体意识，一定是建立在生态整体主义和生态伦理的哲学和伦理学基础上，建立在生态美学的基础上。就我的视野所及，从目前中国生态诗歌创作整体来说，按照狭义生态诗歌的文体意识和规范，选编一部生态诗选是非常困难的，因为根本就没有多少诗人达到上述标准。但是，由于关于生态的世界观、价值观还存在分歧，有深层生态主义、弱人类中心主义、深绿色、浅绿色等等之分，生态文学包括生态诗歌也必然会有一种开放性、包容性的文体理解，而且这也符合一种生态多样化的"诗歌生态"吧。因此，从广义的角度而言，我对入选的诗人们都表示祝贺！

既然有第一部生态诗选的编辑出版，将来就会有更多的选本出版发行。我希望将来的生态诗选本更多地具有狭义生态文学的文体特征，纯生态诗歌的文体意识能得以体现，因为这关乎生态诗歌作为一种诗歌文体的独特的存在价值。诗人们的生态诗歌书写，要以生态哲学、生态伦理、生态美学为基础，要有生态整体主义的审美视角，要有主体间性的、与自然万物平等交流的视角，要有生态间性的、与自然的多样性生命共同体意识的视角等等，要让读者读出与以前的自然诗、山水诗、田园诗、旅游诗的不同，以突显生态诗歌的独特的美学价值、文学价值和文化价值，让生态意识、生态审美、生态情感、生态行为等成为人的主体的新的构成，从而更好地建设生态文明，实现海德格尔阐释的人类的“诗意地栖居”。这就要求我们转变传统人类中心主义的美学和文学观念，重新凝视自然。我有一些问题想与大家共同探讨：我们能不能以现代生态学的视野和知识来体验、审视生态的真与美？生态审美是不是追求生态的真，或者说生态的真就是一种美？比如，牛粪到底美不美？屎壳郎可不可以作为审美对象？生态审美与生态审丑的关系如何？关于这种关系的探索以怎样的生态诗歌的独特语言来表达？等等。总之，我不愿意看见生态诗里是清一色的唯美色彩，从而掩盖生态危机迫在眉睫的现实。

我很喜欢诗人石头的诗歌观点，他说：“如果把诗歌大致分类，一类是以气驭诗，一类是以象驭诗。我更喜欢的是以气驭诗，自然，准确，简单，直接，不涂脂抹粉，不拐弯抹角，一剑封喉。”比如“日出而作，日入而息。凿井而饮，耕田而食。帝力于我何有哉！”比如陈子昂的《登幽州台歌》：“前不见古人，后不见来者。念天地之悠悠，独怆然而涕下！”充分体现了诗人的孤独的超拔之气。李白的《独坐敬亭山》：“众鸟高飞尽，孤云独去闲。相看两不厌，只有敬亭山。”还有《月下独酌》：

花间一壶酒，独酌无相亲。
举杯邀明月，对影成三人。
月既不解饮，影徒随我身。
暂伴月将影，行乐须及春。
我歌月徘徊，我舞影零乱。
醒时同交欢，醉后各分散。
永结无情游，相期邈云汉。

这些诗能让我们感觉到李白沉醉山水、月色的道仙之气。还有王维寂静、冥想、沉思、禅味十足的佛气。《鸟鸣涧》：“人闲桂花落，夜静春山空。月出惊山鸟，时鸣春涧中。”《竹里馆》：“独坐幽篁里，弹琴复长啸。深林人不知，明月来相照。”《鹿柴》：“空山不见人，但闻人语响。返景入深林，复照青苔上。”还有陶渊明的真朴、静淡、旷达之气，他在《归园田居》中写道：

种豆南山下，草盛豆苗稀。
晨兴理荒秽，带月荷锄归。
道狭草木长，夕露沾我衣。
衣沾不足惜，但使愿无违。

这些诗没有那么多宏大、华丽的词和繁复的意象，没有语言的空转，却底气十足，骨气突显。他们的诗就跟他们的人一样，都是一种修为。我希望写生态诗歌的朋友，能像他们一样，不只是写生态诗，而是要把自己修炼成一个生态人。

最近我一直考虑什么是天人合一，怎样从个人角度做到天人合一？在读《黄帝内经》和学中医的时候才感觉找到了答案。《黄帝内经》里阐述了人身体的自然，以及人身体的自然必须与宇宙自然保持合一，如此，我们才不会生病。可以这么说，人所有的疾病都来自生态的破坏，这个生态不只是身体生态，也是自然生态。《黄帝内经》的《素问·四气调神大论》中写道："春三月，此谓发陈。天地俱生，万物以荣。夜卧早起，广步于庭。被发缓形，以使志生。生而勿杀，予而勿夺，赏而勿罚。此春气之应，养生之道也。逆之则伤肝，夏为寒变，奉长者少。"在研读《黄帝内经》的时候我开始按照上面的指导修身养性，并且写出一些关注身体生态的诗歌。关注身体生态，必然关注自然生态。中医认为，不可纵欲，不必禁欲，倡导节欲。这个"节"有两个意思，一是节省、节约，二是节奏、节拍、节气，就是要求人们按照自然的节奏、节拍、节气去生活。重新凝视自然，不仅要凝视我们身外的自然，还要凝视我们的身体自然。

作者：侯良学　山西生态诗人

生之态

谭畅

生是态之一种，是存在之常态。

生之于死，恰如永恒之于瞬间。死是转化之瞬间，死后又是另外的生。

生，相对于时间而愈显其循环不灭。生者，有生育、生长、生存、生计、生命、生平、活的、产生、发生等含义。生之态则千变万幻，得血肉而成动物，纳汁液而成植物，累齑粉而成土石。初之有生，继而有态，幻化而成众生浮屠，玲珑世界。

死，小篆右边是人，左边是“歺”（残骨），指人的形体与魂魄分离。生命虽终止，而形体不灭，魂魄亦不灭，只是分离、变化而已。故死是生的一个瞬间，是形体转化、魂魄分离的一刹那。

生态，亦与所谓造化有关。造者，到，往，去某处。化者，甲骨文为二人倒背之形，一正一反，以示变化、改变。造化者，自然，福气，运气也。既造而化，则谓妙造自然，生生不息，物质不灭也。随类赋形、彩、声、光、姿、韵。万物遂得其名、性、种，而婆娑世界存也。

生态之始，远在我等灵长之上。

生之有态，谓世间一切有生命的东西各有其形态特征，故分为动物、植物、器物诸类。且其生命形态并非一成不变，而是随着时间、空间、情绪、年龄的转换，展现出不同的面貌。正如人有男女老少，植物有萌衰枯荣，动物有壮弱公母，气候有春夏秋冬等。顺时，顺性，顺天，顺心，才是遵守生态的根本。

态之有生，谓世间万物，无论形态千差万别，或美或丑，或对人类有益有害，或看起来有无明显的痛觉和情感，其生命本质上并无高低贵贱之分，人类也只是生之一种。尊重物种差异，平等地对待千差万别的生命，如庄子所云“齐不齐以为齐”，才是人类配得上自己存在的道理。普天之下，众生平等。人类并未取得凌驾于其他生命之上的特权。当然更无理由从自身利益出发，认为自己有剥夺其他物种存在的权力。

西洋之谓“生态”（eco-）一词源于古希腊字，意指家（house）或环境，指一切生物的生存状态，生物之间以及其与环境的关联。此言不虚也。试想，正如皮之不存，毛将焉附，若众生之不存，或存于水深火热之中，人类又岂能割断一切关联，独自存活于自造之狰狞垃圾？遑论逍遥？日本科学家江本圣在《水知道答案》一书中，以122张水结晶图片告诉人类：水能读、听、看，知道世界和生命的真相！遇到混凝土、噪音等，水结晶亦会破裂、抖颤，显出痛苦和丑陋的表情。

由七成液体构成的人类，了解此点何其重要！亦可知动植物之区别，也远比想象中微小。在一滴水中，可读懂绿叶、青草、大地之心，进而重新认识整个自然世界。

若生态家园尽失，安宁祥和不再，自然环境恶化，资源枯竭，动植物或先行灭绝，或以友为敌，人类在自身存活的挣扎中进一步同类相残，则工业文明之隆隆脚步几可看作人类灭亡之哀歌。

万物静寂以后，不知再经历几多冰川、雪域，伤痕累累的水蓝色星球被第一个细胞产生的喜悦舐舔，造化之伤长出浅绿色茸毛，在佛艰难轮回的微笑里，伤口才得以真正平复，造化才得以重新复苏，生态才终可以成为常态。

作者：谭畅　暨南大学文艺学博士，广东省文艺评论家协会副秘书长，广州市女作家协会副会长

揭开“清远生态诗歌”的面纱

马忠

“清远有青山绿水，绿，很贴合清远的特质，清新之地，回响悠远。”当年，著名诗人汪国真这样称赞清远的魅力。

地处粤北的清远，是一座绿色的城市，也是一个诗歌之城。唐代大文豪韩愈、刘禹锡，宋代大诗人苏东坡等都和清远结下了很深的缘分，留下许多传世诗篇。清远历代都有诗歌结社的风气。与清远建市同一年成立的清远诗社是“全国十佳诗社”。清远诗歌的独特之处在于，清远一直有乡土诗歌的传统，并获得“中国乡土诗城”的称号。作为广东省面积最大的地级市，清远除了拥有超大面积，还有清山秀水。从禀赋资源角度来看，清远最具优势的是生态；从品牌资源角度来看，清远最喊得响的是生态；从战略资源角度来看，清远最有潜力的也是生态。在全国风生水起的清远生态诗歌，就源于这一得天独厚的优势。

“清远生态诗歌”作为一个独特的地域文学形态和现象正在引起文学界和社会的广泛关注和反响。

一、“清远生态诗歌”的出现

2003年南方发生“非典”，给正处在探求新文学路向的诗人华海以极大的触动。他的写作由此开始转向“生态”。“新世纪前后中国严峻的生态现状和日益迫近的‘现代化问题’是我内心向生态转向的现实动因。”于是，他提出了“生态诗歌”这一概念。

众所周知，中国生态文学萌生于20世纪80年代初，后逐步成熟起来。生态文学兴起之际，最先出现的是报告文学，随后才出现小说、戏剧影视、散文等多种形式。但诗歌的发展相对滞后，且呈现零散化的状态。因此，清远在2003年提出“生态诗歌”的概念，不仅有艺术意味，还有政治高度，无疑走在全国前列。

华海既是生态诗歌的倡导者，又是生态诗歌的践行者和推动者。他一方面从事生态诗歌的写作，一方面在广泛搜集生态诗文本的基础上，开始生态诗歌的研究，在《诗刊》《作品》《长城》等刊物着重评论生态诗歌。2003年至2006年间，华海在《清远日报》开设生态诗赏读专栏，集中推介、评论生态诗歌，基本上每周一期，每期评论一首。华海陆续评介、推荐了沈河、徐书遐、南蛮玉、巫嘎（陈小三）、波眠等100多位诗人的生态诗歌作品。在专栏文章基础上，2005年12月他出版了国内第一部生态诗歌评论集《当代生态诗歌》。

不仅如此，华海还利用公暇时间广为宣传，到广州、江苏等地作专题讲学，甚至为梁军博士、梅真硕士撰写论文提供专业指导，团结带领一班“同道”为生态诗“鼓与呼”，为生态诗的发展浇花培土。在华海的倡导和影响下，清远逐步形成了一个“生态诗群”，主要成员有华海、唐德亮、黄海凤、刘顺涛、唐小桃、曾新友、成春、杨振林、徐润、可月、邓维善、李衔夏、罗燕廷等诗人，并由此辐射到全国，对我国当代生态诗的创作和研究起到了推动作用，引起国内外学界和传媒的关注，被著名生态文学专家、厦门大学教授王诺称为“清远现象”。2008年5月18日，“生态与诗歌暨华海生态诗歌国际学术研讨会”在清远举行，来自国内外的数十名专家、学者，对华海及“清远生态诗歌”创作和研究给予了很高的评价。清远生态诗歌现象形成原因固然是多方面的，但归根结底，还是现实发展的呼唤与内在需要。尤其是党的十八大以来，“绿水青山就是金山银山”的理念深入人心，清远广大作家们在文学创作中表现出了强烈的生态意识。而社会对自然生态的关注和投入也超过以往任何历史时期，大大助推了“清远生态诗歌”的蓬勃发展。

二、“清远生态诗歌”的主张

一个时代应该有一个时代的主题，随着生态时代的到来，在世界性生态危机的逼迫下我们有必要重新审视文学创作中的“大我”“小我”以及二者的关系，作家应该将“小我”的个人体验与生态责任、自然关怀的“大我”相结合，为揭示生态危机的深层文化根源、实现万物和生共荣的高度文明作出极积的思考。

在我国生态诗歌研究还十分薄弱的情况下，华海做了大量文本搜集、整理、推介和评论工作，在某种程度上是一种开拓性的工作。虽然他还没有建构完整的生态诗学体系，但已逐步形成了自己的生态诗观。他在《当代生态诗歌》的序言中说："作为一种工业时代孕生的但又批判它的积习的当代生态诗歌，以一种崭新的生态文明观作为思想基石，以其批判性、体验性、梦想性介入人与自然和谐关系的重构，并极为尊重诗歌艺术本身的生态多样性。"

与以往那些以"人类中心主义"为核心、以人的利益为唯一价值取向、以自然为表现人的工具的诗歌有本质的不同，华海倡导的"生态诗歌"是把人放在整个生态系统一员的位置，从"生命共同体"互为依存和影响的角度来体验和感受自然，以对灵魂的反思和生命的体验来调整人与自然日益紧张的关系，借助诗歌语言的梦想回到自然，并重构自然与人的和谐关系。

"生态诗歌"的内涵，经历了一个逐步发展与丰富的过程。随着对"生态诗歌"的探索和实践，诗人进一步丰富了"生态诗歌"主张的文本内涵和文学本质。在2008年2月出版的《生态诗境》一书中，华海进一步指出："生态诗歌不是简单的生态加诗歌，我认为生态诗歌探索的关键是生态题材和生态思想的诗歌'内化'，它首先是诗歌，而且是一种体现生态美学追求的创新的诗歌。"他还认为："生态诗歌可以从正题和反题两个侧面展开，它既能发挥危机警醒、现实批判的作用，又能引领人们寻找正在消失的生态美，特别是对于启悟人们重回自然的怀抱、体验自然的整体性和神秘性，恢复人的想象力和审美能力，再造人与自然和谐、'天人合一'审美境界具有独特的意义。"对于生态诗的精神价值和诗学价值，华海特别强调："生态诗人应致力于新的生态诗意的发现，找到独到的生态诗语，创造生态诗歌的艺术形式，形成有别于其他诗歌的新的诗体，即从生态思想到生态审美、生态诗歌特性、生态诗歌语言体式整体创新的当代汉语诗歌。"

2021年4月《星星》诗歌理论版"新时代诗观察"栏目重磅推出华海的《生态诗学初探》，在这篇近万言的文章中作者提出了"生态诗歌的地域性"。他认为，诗歌中的生态关系，是从地域感的建立开始的。生态诗人要守住一个地方或找到一个地方来写作。"因为这个地方是诗人找到的心灵安顿之所，这是安身立命之地，是容得下肉身放得下灵魂的'道场'，也是生态写作的源泉。""生态诗歌以语言回到生命的'在场'，回到真实的存在，在具体的地点和场景触及人的感觉和自然之微妙。"

"大我"的命运决定着无数"小我"的命运。华海关于"生态诗歌"的主张，成为清远生态诗群的重要诗学主张和创作活动的精神指导，对生态诗的本体发展和文本实践进行了理论性的建构。他的这些主张，不仅是对于文体意义的突破，而且上升到了关于写作者情怀和境界的认识，还可以以此实现生态诗的突破，更快地成长成熟。更为重要的是，"生态诗歌"跳出了"文体"和"身份"的层面，为诗歌提供了一种新的写作维度和精神走向，拓展了诗歌创作的疆域和视野，为作者提供了指引性力量，成为一种生态诗创作和诗歌创作可以共同遵守的诗学观念。

三、“清远生态诗歌”的行动

以华海为代表、清远诗社社员为主力的清远生态诗歌写作空前活跃，吸引了一大批诗人加入生态诗写作的行列，给生态诗创作队伍输入了新鲜血液，形成了生态文学中一道独特的景观。

第一，是“清远生态诗歌”的全面出击。“清远生态诗歌”频频见诸全国各大媒体、诗刊杂志，其中不乏《诗刊》《星星》《诗潮》《扬子江》《绿风》《青年文学》《作品》《草原》《中华诗词》《中华辞赋》等纯文学刊物，也有《人民日报》《光明日报》《工人日报》《南方日报》等重要报纸副刊和中国诗歌网等，同时还入选《百年新诗百首解读》《新诗排行榜》及全国年度诗选。据不完全统计，2005年至今，仅华海一人就创作并发表生态诗歌2000多首。

第二，是文学报刊或者专栏或者专辑推介。如《文艺报》分别在2020年12月11日，2021年2月10日、3月12日、6月11日分别以半版和整版篇幅发表“写清远”的诗歌和评论；《中国自然资源报》分别在2020年12月23日，2021年1月7日、2月1日、4月12日以半版篇幅发表“清远生态诗歌”；《心潮诗诗》2021年第三期和第九期分两期发表“写清远”的诗歌；《中国绿色时报》则开设“绿色的城·绿色的诗”分12期专题刊发由清远诗社组稿的生态诗文。

第三，是结集出版生态文学专著。近三十年来，清远出版的生态诗集有《华海生态诗抄》《静福山》《华海微诗选》《蓝之岛》《清远蓝》《著名诗人写清远》《庚子生态诗歌选本》，生态散文诗集《红胸鸟》，生态随笔集《一声鸟鸣》，生态评论集《当代生态诗歌》《生态诗境》《敞开绿色之门》《生态诗歌研究论文选》《生态诗歌及评论集》等。由清远诗社选编的《四海诗萃》《著名诗人写清远》等多部生态与绿色诗歌合集均由出版社出版。2021年，由清远市作家协会选编的《生态清远文学丛书》六卷本问世，涵盖诗歌、散文、评论和纪实，集中展现了清远生态文学的最新成果和创作实力。

第四，是举办相关诗歌节、研讨会。2014年至今，清远已连续举办八届诗歌节，首届清远诗歌节围绕“寻找故乡”和“微时代的诗歌”进行探讨，第二届清远诗歌节论道山水田园诗歌，第三届清远诗歌节是“刘禹锡给当代诗歌写作的启示”学术研讨，第四届清远诗歌节以“诗意端午·丝路浈阳”为主题，第五届清远诗歌节聚焦“诗歌中的生态焦虑和梦想”，第六届清远诗歌节暨国际生态诗歌笔会围绕“山水清音　澄明之境”展开有关生态诗歌的研讨，第七届清远诗歌节以“风情壮瑶　边城氧吧”为主题，第八届清远诗歌节主题为“贤令芳踪　诗香岭南”。每届一个主题，邀请来自全国各地知名诗人、学者参与，影响越来越大。

目前，清远市生态诗歌创作成绩突出的有唐德亮、唐小桃、李衔夏、苏奇飞、罗燕廷、严正、覃森生、韩学早、可月、曾新友、申文等诗人，近期生态诗歌入选《诗刊》生态诗专辑和《庚子生态诗歌选本》等。

四、“清远生态诗歌”的特征

“清远生态诗歌”有别于其他生态诗歌的最显著的艺术特征是具有鲜明的本土性。诗人们写于斯、咏于斯的生态诗歌，既有根植于清远深厚的本土特色文化营养，又有生态价值观及生态文明建设要求的创作思想指导，使其主题呈现出浓郁的本土生态情结。“清远生态诗歌”的审美内涵与美学特征主要体现在四个方面：

一是突显本土特色生态文化格调。清远生态诗歌思想着力表达对本土区域生活的关注、热爱与向往，创作主题上突显出浓厚的区域性文化特点，本土特色浓郁。主调是肯定本土自然生态价值，歌咏本土生态生存环境的美好。不少清远生态诗作着力呈现美好的特定本土生态环境，或赞誉原生态生存环境，或歌咏清远人民打造的人工生态环境，也有描绘清远民俗生态生活文化的丰厚及美好。

二是生态体验型诗人形象。清远本土诗人的任一诗作都是亲身生态体验后的镜像创作，由心而发，由历而生，或现亲眼所见之境，或表参与过的生态文化体验，均直接或间接地映现出生态体验型诗人形象。特别值得一提的是，诸多诗人善用第一、第二人称的指代法创作，饱含对生态万象最深情的体验，并与之感同身受。在清远本土诗作中，生态体验型诗人形象是通例。可以说，其任何一首诗作都直接或间接地隐现出一位与生态世界同歌同泣、物我相融的诗人形象。

三是生态梦想性未来建构。清远本土生态诗人通常都会在诗作中传达生态梦想性世界的美好及向往之情，建构生态梦想性美好未来。对此，诗家们表达方法不一，或直接描绘，或推导暗示，或喜剧性高调展望、憧憬寄托，或悲剧性反思诉求。

四是可持续地域生态发展观。深情栖居于“山水名城，岭南绿都”的诗人在诗歌中倡导崇尚高尚的生态情操及生态精神，与自然构建生命共同体，再造“天人合一”的本土生态美世界，走可持续发展道路，建设与自然和谐共荣的生态型、环保型的高品味生存现实世界。

总之，“清远生态诗歌”以生态价值观、生态文明观为创作思想基础和价值衡量标准，以独特诗性语言构筑本土生态主题，追求“接地性”——接自然生态、地理环境之地，接生产生活之地，呼吁“本于心”的新时代生态精神重塑，探索生态自由与人文自由融合相谐的至善生存格局。代表作品有《静福山》《蓝之岛》等。

在生态文明作为基本国策被强调的今天，清远成为吹响生态诗歌集结号的地方。通过各种策划、期刊发表和文学活动，助推“清远生态诗歌”的崛起和走向公共话语领域，不仅繁荣和发展了生态诗的创作，而且以一种隐匿的外部力量无形中规约了生态诗的实际创作。“清远生态诗歌”是生态文明在地方的生动实践，不仅提升了清远这座“山水名城”的精神气质，也为清远人提供了在此处的“诗意栖居”。

当然，“清远生态诗歌”创作虽然取得了一定的成绩，创作整体上呈现良好发展态势，同时也存在一些不足。如：过分拘泥于地域性写作，创作形式相对单一，对生态美学认识不足，缺乏对生态文明的深层思考。尤其面对中国生态文明建设的生动实践和丰富成果，生态诗歌如何打开新视野，在一个转型巨变的时代塑造和改变时代精神，成为构建人类命运共同体的重要力量等方面，还需要进一步探索。

作者：马忠　中国文艺评论家协会会员，《北江》执行主编，《广东文学蓝皮书》撰写专家组成员

大地诗学与语言虚构

——生态诗歌创作札记

华海

一、地方感的构建

我始终认为，一个地方感的构建，在生态写作中既是安身立命的基础，也是精神性的归宿。沉淀于一个地方山水地理中的是历史文化以及与之相应的此地域人的生活。因此，生态并不是一个单纯的自然界的概念，它并不是一个把环境和人二元并置的表述，现代生态观念应是把人和自然放在一个生态整体中观照、考察。同时，生态也不是一个静止的概念，它是在一个生命共同体中万物共生、动态平衡的状态。因为是整体性的、动态的，我们的生态写作视野，既可以回到对生态变迁历史的追忆，也可以呈现当下矛盾变化的状况，更应当由地方感的构建指向另一种未来的可能——即人与自然关系的“梦想性”想象。

长诗《蟠龙岛》，大约写于2012年，不觉间10年已经过去，这个世界发生了太多的变化。这是《蟠龙岛叙事》的姊妹篇，当时，试图在诗中建构一个“蟠龙岛”，包括生态的及精神的地理。后来，这个“蟠龙岛”演变为“蓝之岛”。“岛”，是近10年我诗歌中主要的意象符号。由早期“山”的10年，到“岛”的10年，对于一个生态写作者的创作历程而言，到底意味着什么呢？很难用理性的语言说得分明。然而这个演变过程既是自然发生的，又有主观的指向性，前后相继可能自有其语言生成的逻辑。

二、“清远”的文学命名

从地名来看，没有一座城市比清远更有东方古典文化意味，更富有诗意。这是机缘巧合，也是禀赋使然，它注定了这座山水城市与诗歌文学性的关联。

所谓“清远”的文学命名，不单是用一个名词概念，更重要的是指在清远诗歌及文学中的清远地方感的建构。它与笼统的地方文学（地域文学）的建设还不是一回事。如果更直接地说，这是要建立起这个地方的生态诗歌地理。它首先根植于此地的自然生态和人文历史，并由此元素出发，以富有想象力的重构，在诗歌中创造一个“生物多样性”和“生命共同体”的清远。当然，它是由一个清远人（扩展至所有清远人）的心灵与这块土地上的自然生物、生活形态的对话交融呈现出的“诗意栖居”和“未来梦想”。

就如清远生态诗歌一直所追求和亦已具有的“实践性品格”一样，清远的“文学命名”不是个人的向壁虚构和玄思冥想，它将始终以这块土地上的生态实践和变化为写作基础，致力于表达人与大地重新建立的心灵联系和生命整体场域，并以向伟大的古典自然诗歌传统致敬和承继发展的姿态探寻当代中国生态诗歌前行的路径。

三、寻归和重构的三阶段

第一阶段：2008年前，在清远，笔架山地域写作时期。出版《华海生态诗抄》，举办“生态与诗歌”暨华海生态诗歌国际学术研讨会。

这一阶段的代表作为《小海》。美国著名生态批评学者斯洛维克这样评论这首诗：“这首诗描绘了小孩在海边的美丽而又熟悉的景象。他们在沙中挖了一个洞，然后从大海里舀来海水倒进去，希望创造出一个新的生态系统，让海滩上的一只海蜇能够开始新的生活。我将这首诗当作一个小寓言来读，认为它关系到人类努力运用他们的巧思以修正世界上的破坏性力量，无论那些破坏性力量是由人类的科技所导致，还是仅仅由非人类的自然进程所引起。在《小海》中，孩子们重新在海滩上创造出‘小海’，以沙滩作为底部最后证实‘漏底’，无法存储终归要流回真实的海洋的海水。这种写实表现证明人类企图校正自然界破坏力量的发明天赋是有限的，同时为了人类而提醒我们，人类在世界中只占有微小的位置，应当改正我们的狂妄自大。如此看来，这首诗告诉我们的是我们真实的生态处境，我们不是地球的主人，而应当是地球这个多样共同体中的谦逊成员。”（斯洛维克《“思索！——我们生活中的光辉”：关注可持续诗歌》）

第二阶段：2009年至2013年，在连州，静福山地域写作时期。出版《静福山》和《云水清远》中“华海的诗”。

《静福山》是这一阶段标志性的诗集，主要创作于2009至2011年的粤西北连州，以静福山这一灵魂栖息地展开人与自然的对话。“我从世纪初开始的生态诗歌写作首先源于对笔架山的发现、体验和想象，在五年前出版《华海生态诗抄》后，我又持续了一段笔架山的书写。2009年春天迁徙到连州，开始对另一座静福山的寻找、发现和重构。无论笔架山还是静福山，都不仅仅是写作素材和对象，也不仅仅是个人写作的阶段性标志和符号，笔架山和静福山是我生活前后延续的过程，也是我生命的重要部分，包含着我对一个世界的发现、理解和梦想，是文字与自然共构的诗意栖居。”（《静福山》自序）

有论者认为，这一阶段最能体现作者艺术新探索的是《蟠龙岛》（收入《云水清远》）。这首长诗从“生生不息”的生态哲学观出发，回到原初荒野，回到人和自然浑然一体的梦想性追忆，在“祭坛”上呈现出生态想象所能达到的极致，同时以当下的生态困境和人类精神的虚妄，反证回归蟠龙岛、回归人和自然生命链接的新的道路。在这首长诗中，我的生态诗观得到较充分的体现，正题和反题走向了合题，即回归自然的体验性、直面生态危机的批判性和重构“诗意栖居”的梦想性终于有机融合到了一起，走到了创作的一个“临界点”，也走到中国生态诗歌探索的前沿地带。

第三阶段：2014年至今，清远江心岛写作时期。侧重于生态诗歌日常化、生态微诗探索、宇宙生态诗探索和诗歌中地方感的重构。发起组织了八届“清远诗歌节”和三届“生态诗歌笔会”，着力推动清远乃至全国的生态诗歌创作和研究。

我的微诗观：倡导在微信里写四行生态微诗。四行，适于微信传播。唯其四行，也最易流于笔墨游戏。我依然信奉大道至简，在四行之内是对生态悲剧的深味和超越其上的梦想。我深居自己的静福山中，将生命置于天地之间，聆听万物的伤痛，心有所感，发而为诗。此即所谓“生态微诗，微诗不微”！

微诗代表性作品《时光，在天空中敞开》（9首）、《时光之诗》（12首）等收入《国际华人微诗选粹》（银河出版社），以网名“静福山人”创作的500多首微诗在微信、微博广泛传播。电子书《树说》（微诗集）在华语文学网上线。代表作《虎》：

你把最后的草原穿在身上
蜷缩在动物园的角落里
我凝望你的眼睛，那没有融化的
一点残雪呵，令人不寒而栗

著名诗人李犁曾评点《虎》：“这里看不见思，思又无处不在。这就是无我之境，虎是本体也是喻体，它被禁锢的身体与无疆的内心不正是人类面临的困境、理想的遭遇吗？这首《虎》，它集中体现了诗歌本身无穷的魅力，让我们在诗意中不知不觉触到了生存之真、生命之真，而真乃万物之核。所以对诗歌而言，深不如新，新不如

真，谁发现并抠出了真，谁就是诗歌的王者。人生也亦如此。”（原载《星星》诗刊2015年12期）

四、回到日常与“虚构之岛”

近年来，我的生态诗歌发生现场回到了日常生活。不过我更关注自然对城市日常生活的影响。比如城市里的一场雷阵雨会带来什么变化？在自然光影的变幻中一条街道会呈现出什么样的状态？当然还不止于这些，我更想发现现实中人和自然彼此共在的形态，并围绕清远城市之旁、北江之上的江心岛，开始生态写作的江心岛时期，构建一个“虚构之岛”。在现实层面打造一个诗意生活空间的同时，以诗歌的方式让自然和人文融合于一体，让梦想有一个“栖居”之地。

我的生态写作为什么会发生这样新的变化呢？这本来是自然而然的事。我的考虑主要有这两方面因素：一是生态诗歌还是得面对人，生态问题的解决还是得回到人群和人心；二是生态诗歌也需要人性的力量。我长期以山林为主体的写作渐行渐远，在静寂虚空中容易弱化创新的动力，它需要来自现实生活的冲击，在矛盾状态中寻找对立的统一与和谐。回到日常并不意味着对现实存在的趋同，它一定要避免写作的庸常和琐碎。回到日常又不止于日常，思想在日常之上，这是生态诗歌不可或缺的精神向度和批判态度。城市与自然，物质存在与精神现象，变动不息的现代生活与不能泯灭的爱……这矛盾的一切将在碰撞、纠缠中相互依存并抵达新的诗境，日常的一切因想象之光的灼照而光彩焕然。因此，回到城市日常的江心岛写作，并不是对此前静福山、笔架山写作的割断和终结，而是前后相承的延伸和拓展，是对日常生态写作可能性的尝试和实验，也是在生态审美意义上对未来及生态之梦的一种构想。

人性、自然与爱的拯救，始终是写作中绕不过去的话题，正因如此，需要在现实的大地上审视、批判、反思，并虚拟一个想象性的世界，虚构一个生态与心态契合、肉体与灵魂安放的“江心岛”，探索一种与地域和文化地理相关联的大地诗学……由此，获得的一种新的诗歌审美，从人与自然构成的“生命共同体”的生态审美视角，实现主体间性审美，对现代人的审美困境进行救赎，呈现自然和人类的希望，呈现像光明一样无处不在的善念和慈爱。

“没有一个人是孤独之岛。”我们邀请中外诗人和学者举办国际生态诗歌（清远）笔会，相聚于江心岛，并以“生态梦想”为主题，围绕诗歌中的生态焦虑和梦想问题进行研讨，聚焦于“虚构之岛”的生态写作，这寄寓着一种期许：以审美想象，以诗歌实验，在清远这座心怀梦想的城市，一起构建一座人和自然共在的诗意之岛，肉体和灵魂相安的精神之岛。

五、“红胸鸟”是一种什么鸟？

一本生态散文诗集，被这么多人关注，是我之前没有想到的。《红胸鸟》刚一面市，就在当当网新书榜上排名靠前，在当当、京东、淘宝热销……见到面的朋友，几乎都会谈起这只“红胸鸟”。有朋友说：“红胸鸟的红色象征着一种生态梦想和一种激情，在新冠肺炎疫情背景下这本书特别能引起人们心灵的共鸣。”作为作者，我感到一种欣慰。

红胸鸟到底是什么鸟呢？你见到过吗？有人说，似曾相识；也有人说，更像一个幻影。也许，每个人心灵里都有一只红胸鸟，它像一团火焰或者闪电，在一个瞬间把生命由内而外照亮了……

红胸鸟作为书名，是有所寄寓的。《红胸鸟》这一章散文诗放在首篇，也起着统领全篇的作用。这一章是最后写的，表达了我写这本书的立意。

1.书中第一辑为什么会写各种鸟？

其实，红胸鸟既是一只鸟，又是所有的鸟。第一辑中写了好多种鸟。是写鸟的观察笔记吗？显然不是。是托物言志、借景抒情的文字吗？也不是。这是一种生态书写，把鸟和人放在一体的位置来写，不是简单的我观察鸟，而是放低人去体会，或者换位从鸟的角度来看人，来表达人和自然的关系。当然这种关系有时是疏远的、背离的、矛盾的，有时是和谐的、互相对话的。这与传统的写法不一样。它不是完全写实，也不是纯粹写意，而是介于二者之间。受到过巴勒斯和利奥波德影响，强化了对自然的观察体验和生态学元素，但又有些区别，表达上还是从传统写意的表达方式中传承改造了一些，做了一种嫁接，并用一种散文诗短章形式表达，这就有了一些辨识度。

2.为什么第二辑会突出地域性，着墨于笔架山、静福山、江心岛、潭岭等山水地点?

红胸鸟是在一个具体地点出现的。显然它有地域性，但它又不局限于某一个地点。

我作为一个外乡人，渐渐与清远这一方山水相融，精神上找到依归，找到一条回家之路，也就是探索回归自然的可行路径。从这个意义上说，红胸鸟寄托着一种对自然的情怀和生态梦想。

3.这本书是在什么背景下写的，最后一辑写疫情和抗疫与前两辑在表达的内容上有什么关联?

红胸鸟是在什么时间点出现的?“这辆负重的马车正翻越山岭，到了一个陡坡旁边。”很显然，这暗示了新冠肺炎疫情是当下背景。从庚子春天开始的“新冠”背景下的心路历程，我与所有人一样。在内心的艰难行走、所忧所感所思，都记录在这些文字中，留下一段精神史。当然这些体验、思考侧重于生态问题，侧重于探究发生疫难的根源并探寻精神出路。

书的三个部分是相关联的，从逻辑上可能从后面读起，会看出写作的思路和顺序。当然，红胸鸟这个意象寄寓着我在灾难中的想象和梦想，希望人与自然能够和谐共生，希望我们人类能走出迷误和灾难，如凤凰在火焰中涅槃重生。当然，也希望这只红胸鸟能飞向所有的人，飞进人们的居所和生活，飞进人们的心灵。

六、指向未来的诗歌

近期，清远文学界出现了把生态写作与科学幻想相结合的新尝试。贾飞创作了一批科幻小说，李衔夏甚至提出了“宇宙生态诗学”的观点。我在完成“江心岛”系列创作之后，把生态写作的视野从探讨生态与日常生活的关系又拓展到了太空，创作了一系列以星球为题材的生态科幻诗。这既是指向未来的想象和虚构，又与当下以及过去相续，是记忆的延伸。它突破了现有的时空，是否预示着将呈现生态诗歌的另一种可能呢？

表现宇宙的生态诗歌应有新的表现角度和语言形态，如尝试引入幻想的叙事性元素等。宇宙生态诗歌，以对宇宙现象的新发现作为写作起点，它展开的是关于宇宙的生态性沉思和畅想。当然，也可能是从反乌托邦角度来写，写现代科技按惯性发展下去对宇宙及未来的影响。宇宙生态诗学，就是未来生态诗学，它不只是空间意义的无限展开，同时更是时间意义的无穷揭示，它们都指向我们对于未来的生态梦想或反乌托邦之梦。唯有如此，我们的生态诗歌才能与国际生态诗歌的语境接轨。当然，生态诗歌的另一个指向，则是关于地点的，是在诗歌中重建地方性，它在自然生态和人文生态的融合中反思一个地方生物及所有生命的生态历史，并从而建构生命、大地、心灵和谐相融的“诗意栖居”，探究未来人与自然在一个具体地域社区共存共生的可行路径。从精神意义上而言，生态诗歌中地方性的重构也是对未来生态理想的诗意追寻。宇宙生态诗歌与地方性生态诗歌在本质上具有共通性和探索的延续性。

回不去的岛，不存在的岛

用记忆的沙和土垒筑，让虚构的马车运来木材、砖瓦

还植上一些树和花草，是我喜欢使用的

形容词，是色彩缤纷的隐喻、夸张和象征

（节选自华海《太空岛》）

生态性与未来性因梦想的力量而重构，生态诗从本质上而言，寄寓着一种对未来的构想和人与自然和解共生的愿望，这首《太空岛》就是朝这个向度的一种表达。与此同时，也可能是反向的反思和焦虑，设想如果现代科技力量失去了人文精神和生态伦理的引领依照惯性向前，那将是怎样的图景和状况呢？“反乌托邦”写作就由此而生，这是生态写作的另一个向度。

评论者申文军认为：“《太空岛》是一首超越地球自然生态题材视角的诗，以科幻的想象，切入对未来的审视，却依然保持着对于地球自然生态的意义和价值视角的遵循，呈现出未来宇宙时代与现时代之间的生态连续性，从而让科幻有了生态的维度，令人陷入对当下和未来的一种生态的思与情的关怀！因之，该诗应属于生态科幻诗或科幻生态诗，具有诗体探索的创新意义！”

整个二十世纪被科学思想所笼罩，二十一世纪这种状况仍在延续并有增无减。而一般人文学者和作家可能会忽视或降低对这种笼罩性影响的认识，以想象性的强化替代了这个本质性的时代思想特征。如何面对这种科学思想（包括生态科学）的笼罩？首先还是认知和理解，在此基

础上才是思想的清理和反思，乃至于人文性及文学性的建构。生态科幻诗的建构，应是对现代科学包括现代生态学的诗性表达，它指向的当然不是科学本身，而是让生态诗歌的理念与精神同科学现象、科学发现、科学研究结合，从而探究一种全新的生态审美和生态语言的表达与建构。生态科幻写作是对现代科学的消化和吸收，以及融合性的重构，在此之上的诗歌世界是一种创新的、面向未来的语言创造。对于写作者而言，难点有两个：一是如何吃透现代科学思想和把握现代科学成果？二是如何有现代生态精神的贯穿并探寻现代生态审美的实现和汉语诗歌的创新？这既具有挑战性，又具有许多新的可能性，需要探索者具备新的思想视野、敏锐的触角和强大的吸收与消化能力，更需要创造的勇气和创新的能力。观念意识的陈旧、惯性的写作模式与喜欢流连在舒适地带的书写状态，是当前制约生态写作开拓的主要因素。生态科幻诗只有突破了这样的制约，才谈得上新的创生。

在系列组诗《行星谱》中，写到了水星、金星、地球、火星、木星、土星等。在八大行星中，地球是独一无二的，唯有地球适合生命存在。这一组跳出地球的太空生态诗，写作的目的显然不是用诗歌解读科普知识，内容涉及迄今为止人类发现的每颗行星的构成与运行特点，但又不止于针对行星本身。写作这组诗，至少有三个意义指向：一是在比较中重新发现地球的唯一性和不可替代性，唤醒对当下的珍惜。二是幻想人类迁移到新的星球，将如何开始？如何处理太空生态问题以避免地球悲剧的重演？

三是清醒意识到地球在太空的位置，就像意识到人在生命共同体中的位置一样，从而以敬畏的态度形成一种新的“星际伦理”和“宇宙生态观”，进而建构面向宇航时代书写的“生态诗学”。

七、寂静的美学

寂静，是我在诗歌中不断靠近的一个词，它对于生态审美及生态诗境的营造至为重要。其实，我一直在写一首寂静之诗。

寂静不同于空无，它是有声的。但声音又常常会打破寂静，我们发出的声音很多时候是一种喧嚣。让诗的语言回到寂静并传达这种寂静，很容易走向它的反面。言说寂静，实为不可说之说。

古典诗歌以“鸟鸣山更幽”呈现了一种可能的路径，山更幽其实是心更幽，心沉浸式地融进了山中。而在现代生态诗歌视野中，这种沉浸式融入本身包含了更多的矛盾性，心灵融入的过程是伤痛疗慰，也是呈示自然生命的伤痛感，在一个生命整体中的寂静，它具有涵盖一切又生生不息的力量。

写什么与怎么写其实是一个问题。写出自然的寂静与怎么写寂静，在理性分析时是两个问题，但在写的瞬间却是一种体验：沉浸于大寂静，并听到了寂静。有一种唯美，不是掩盖或剔除非美因素的单纯主观审美，而是呈现无往而不在之美，涵盖并包容矛盾性存在的整体性审美，也即建立于心灵与自然共同主体间关系的审美。

在语言的困境，你与一个词
博弈、较量，深陷于诱惑的沼泽

你与一双看不见的手互掐着咽喉
鸣叫，鸣叫，唯有鸣叫
嘤嘤鸟鸣，发自它们的本能和命
众声喧闹后的沉默，不可说，不可说

你用一生写一首写不出的诗
就像一只鸟鸣叫的寂静

（节选自华海《鸣叫的寂静》）

作者：华海　著名生态诗人，生态诗歌倡导者

生态诗歌的潜质与创造

——兼论中国生态诗学的探索

梅真

中国生态诗歌有非常多不同于西方生态诗歌的特质，不能完全用西方生态批评理论来评价中国生态诗歌。之前我们的诗歌评论和诗歌研究，如果用到西方生态批评，实际上就只能用西方生态思想来解释中国生态诗歌的主题与思想，但很难全面而深入地看到中国生态诗歌的特色。中国生态诗歌的创作当然会受到西方生态诗歌的影响，但最主要的创作动机和创作源头还是中国自己的文化、生态现状和中国文学艺术特有的审美方式。

因此，到了目前这个阶段，也就是中国当代生态诗歌发展成熟的阶段，应该建构中国生态诗歌自己的生态诗学。生态诗学应该是所有诗学的源头和初心，但后来却有了变化。有学者在《走向生态诗学：中国现代诗学的方向》一文中指出，现在人人都在争论的新诗抛弃传统之美、只注重诗与社会的关系和自身形式等问题，事实上就是因为新诗缺少生态诗学观念造成的。

中国“生态诗学”源生于古代生命论诗学，在二十世纪末也开始受西方生态整体主义思想的影响。生态美学是建构生态诗学的前提和美学指导。中国生态美学学科和理论体系已经建构起来，生态诗学紧随其后。

生态美学是在国际生态理论热潮中由中国美学家、山东大学曾繁仁教授首先提出的。它有两种含义：狭义上是指“建立一种人与自然的亲和和谐的生态审美关系”，而广义的理解是指“建立一种人与自然、社会、他人、自身的生态审美关系，走向人的诗意的栖居”，从根本上说是一种“符合生态规律的当代存在论美学”[①]。而“生态诗学”研究应该是从人与自然、社会，人与他人、自身的生态审美关系角度，对生态诗歌的起源、过程、逻辑、思维、观念、方式、特点、功能、结果、价值、意义等各方面的原则、属性和规律的深入研究。

生态诗学的研究对象可以包括以生态诗歌为代表的生态文学，还应该包括生态小说、生态散文等等，都会带有一些诗学的内涵。生态诗歌也可分为广义与狭义的生态诗歌。广义的生态诗歌应该是感悟自然、天人合一、与自然和谐相处的诗歌。这个较广泛的定义是想要把古诗也包含在生态诗的范围之内，以探求中国生态诗歌的源头。而狭义的生态诗歌，也就是真正意义上的生态诗歌，产生于工业社会时期，是当代生态诗学的主要研究对象。作为孕生于工业社会但又从生态的角度揭示、批判、反思工业文明积习的一种文学形式和文化现象，它与通常以“人类中心主义”为核心、以人的利益为唯一价值取向的诗歌有本质

① 曾繁仁：《新时期生态美学的产生与发展》，《江苏社会科学》2008年第4期。

的不同。生态诗歌把人放在整个生态系统的一员的位置，从“生命共同体”互为依存和影响的整体角度来体验和感受，并以对灵魂的反思和生命的体验来调整人与自然日益紧张的关系，抗衡心灵日益物化的精神病相。

中国生态诗歌可以有下几个方面的潜质与创造：

一、传统性

从生态诗学的角度来划分，古诗可分为政治抒情诗和农业诗（或广义生态诗）两类。因古代社会以农业为基础，因此古代诗歌很大部分都离不开自然。而现代诗歌产生于以现代工业文明为基础的工业社会，与自然的审美关系就越来越远了。而在生态危机和诗歌困境的严峻形势下，人类应该重新思考建立与自然的和谐共生关系，否则人类社会也无法可持续地健康发展下去。因此，生态诗学的建构，将是今后所有诗学最终的方向和归宿。而首先要做的，就是对生态诗学追根溯源。

中国生态诗歌的特质首先是其传统性。中国的生态诗歌史应该在诗歌史里面有一条自己的脉络，同时联系着中国的生态思想史。中国的诗学是从劳动当中开始的，所以从远古时期有文字记载以来的诗歌，都应该在探究的范围之内。学者王建疆在《中国诗歌史：自然维度的失落与重建》[①]一文中阐明了“自然”一直是中国诗歌的一个重要维

① 王建疆：《中国诗歌史：自然维度的失落与重建》，《文学评论》2007年第2期。

度，他简要梳理了中国诗学中的“自然”观念和角色的变迁，将“自然”在文学史中的发展过程这样划分：

1.原始人通过想象尤其是通过原始神话来征服自然的原始时代。

2.人把自然景物作为比兴和比德的手段来为表现人的情感服务的先秦时代。

3.人对自然的亲和、喜爱导致文学中景物作为对象被静观的汉魏六朝时代。

4.人与自然的高度和谐导致诗歌中情景交融的唐诗时代。

5.理性思考压倒情景交融而导致哲理、理趣逐渐替代意境的宋诗时代。

6.社会和民族矛盾以及市民生活导致的关注社会现实胜于关注自然的戏曲和小说发达、诗歌式微的元明清时代。

7.随着全球化兴起而来的人与自然关系被放逐的近现代文学阶段。

学者代讯在《走向生态诗学：中国现代诗学一个可能的突破方向》中也指出：“生态环境的严重恶化，特别是生态批评所特意标举的环境污染严重的城市景观，已经断绝了诗歌继续走农业诗或生态诗的古典诗歌发展之路。”[①]到了现当代新诗诗学观念中，自然逐渐在消失。正如另一学者在《“自然”在人类诗学观念中的变迁》一文中所

① 代讯：《走向生态诗学：中国现代诗学一个可能的突破方向》，《西南大学学报（社会科学版）》2010年第1期。

述，如果按照前现代、现代、后现代划分人类历史的话，在人类历史的前现代时期，“‘自然’在文学批评和诗学观念中占有重要地位，体现出一种‘自然崇拜’意识。”而随着社会历史的演进，人类进入现代文明社会，从以依赖自然的农业为基础的前现代社会变成了以工业和科技为主导的“工业时代”之时，人的主体地位逐步确立，理性与科学得到张扬，而自然的地位就逐渐被人类忽视了。在这种情况下，“早先人类对自然的神秘感，人类与自然之间结成的亲情关系已经荡然无存了。自然不再是人类情感依附、精神守候的家园，它已经沦为现代人控制与索取的对象。”而更可怕的是，正因如此，“文学艺术批评也开始表现出对理性、科学、原理、规律的偏爱与盲从。”[①]而到了后现代时期，也就是目前我们所处的时期，情况好转，呈现出“‘自然’与诗学观念的和谐”的趋势。因为面对现代社会中产生的生态危机，学者们开始从各个角度反思和揭示灾难产生的原因。其中，人类与自然关系的破坏是最为重要的因素。在后现代思想中的积极的建设性后现代主义学说正是重视有机性、整体性、系统观，强调人与自然之间的亲情关系和家园意识，“把对人的福祉的特别关注与对生态的考虑融为一体”[②]。更有很多西方学者预

① 刘精科：《“自然”在人类诗学观念中的变迁》，《湖北经济学院学报》2004年第5期。

② [美]大卫·雷·格里芬：《导言：后现代精神和社会》，载《后现代精神》，王成兵译，中央编译出版社，1998，第23页。

言：即将到来的后现代是人类生态学时代。

一个新时代到来的标志是有新的、已经逐渐成熟且有系统性的思想观念、思维方式、生活方式，人与自然、人与社会、人与人之间各种关系的重新确立等等。因此，中国生态诗学的建构是生态学时代到来的必经之路和前提条件。

因此，如果要继承和发扬“传统性”特质，在这方面首先需要做的就是对中国生态诗歌史、中国生态思想史的整体梳理和分析，探索中国古代诗词中的生态诗学特质，同时探索当代生态诗歌对传统生态诗学的继承与发展、潜质与创造，这对于中国生态诗学的建构有非常重要的意义；其次，需要从农业社会继承和重建人与自然的密切关系，重建人与自然之间的亲情关系和家园意识，形成有机性、整体性、系统观的生态思想；再次，探索和学习中国传统哲学，如儒家、道家、佛学思想中的生态思想，在当代生态诗歌创作中潜移默化、深刻融入；最后，古代诗词中的意境、意象仍然是生态审美的优先选择。

二、批判性

生态诗歌比起常常被混淆在一起的山水田园诗歌、自然诗歌、自然写作来讲，最鲜明的特质就是其批判性。因为真正意义上的生态诗歌，就是作为孕生于工业社会但又从生态的角度揭示、批判、反思工业文明积习的一种文学形式和文化现象而产生的，它批判的是以“人类中心主义”为核心、以人的利益为唯一价值取向的当代思想、行为和社会问题，包括批判“科技至上观”“欲望动力论”

等人类惯有的病症。比起只是唱着自然颂歌，批判的声音会来得更加振聋发聩。

生态诗歌首先是一首诗，而不是议论文，抒情仍然是诗歌的第一目的。习惯了消遣性、娱乐性很强的网络文学的当代读者，批判性强的诗歌很难被他们主动选择，也会影响生态诗歌的传播。但生态诗歌从来都不是为媚俗而诞生的，它一定要坚持作为一种与现实对立的、警示性的存在。如何使得批判性的生态诗歌更有文学的感染力，更能深入人心，更有艺术效果，是生态诗歌目前可以挖掘的潜质。

生态诗歌的批判性可以在以下方面有更大的发挥空间：

第一，用“生态审丑”的方式（就像闻一多《死水》中所用的“以美为丑”的审丑方式，或是波特莱尔《恶之花》的象征主义的审丑方式等），并且尝试探索更多类型的审丑方式和文学技巧，使生态诗歌的批判更有文学价值和艺术效果。

第二，批判时尽量用修辞手法代替直接批判，用讽刺代替责骂，用反讽代替讽刺。比如在批判“汽车尾气”或“工厂废气”的排放污染空气时，可以用一些引起人恐惧的比喻，如“恶龙”“怪兽”等等；在批判因污染而导致的肮脏、衰败、死亡等现象时，可以多用一些特写画面；在修辞上可采用象征、拟人、联想、夸张、通感等手法，引人入胜，使人身临其境，唤起类似的感受，如恶心、嫌弃、愤恨、厌恶、失望、无奈、压抑、忧郁等情感，激发同理心，这是文学手法可以做到的事，生态诗歌本质作为诗歌，仍然可以做到，而且因为现实如此，更能够做到。

第三，思想上的批判要以强大的哲学、科学逻辑来支撑，责备无效，谩骂无用。根据多年来的生态批评经验，只要坚守生态整体主义这一核心原则，很多“人类中心主义”的思想极易攻破，漏洞百出。比如批判“科技至上观”，批判人依赖于科技，成为科技的奴隶时，就应该看看人是怎样一步一步被自己发明的科技所异化、所控制的，甚至批判一些大众传媒作品如何鼓吹科技、人工智能，而忽略了人类自身的独立性和生命的自然性，将人类与自然的联结割裂开来……批判“人类中心主义”的诗歌可以用到道家思想中的“天人合一”“万物共生”、佛家的“众生平等”“因果报应”……批判“欲望动力论”时又可以用到中国古代山水田园诗歌的超脱性或庄子《逍遥游》中的哲理，甚至运用生物学、生态学的科学逻辑证明人类自己的渺小、反自然，和自然的强大、神秘，使人不再拘泥于狭隘的自我和名利之中……

第四，要做到“有批判性的抒情”而能够为读者、被批判的对象所接受，尽力做到真诚表达，带有赤子之心、呕心沥血的态度，还应该把自己也当作人类的一员，懂得自我反思、自我讽刺、自我嘲笑、自我批评，而不是事不关己、高高在上，这样才能使得情感性为明线，而批判性为暗线，在情感上因为真实、赤诚而很容易感染人，让人有同理心，批判才能真正进入人心，起到作用。

三、风格性（流派与思潮性）

风格性，就是诗人为什么成为诗人，这位诗人不同于其他诗人的独特性、个性，包括诗人的思想、三观和文笔的特质。就好比当我们读到“花间一壶酒，独酌无相亲。举杯邀明月，对影成三人”的时候，我们感觉到这是李白的孤高和飘逸；读到“归去来兮，田园将芜，胡不归？”时感觉到这是陶渊明的遁世与隐逸；读到“大漠孤烟直，长河落日圆”时感受到王维身处边塞的孤寂与悲伤；读到李商隐“锦瑟无端五十弦，一弦一柱思华年。庄生晓梦迷蝴蝶，望帝春心托杜鹃”时感受到那种无法名状的惆怅和迷茫式的浪漫……

任何诗人都害怕没有个人风格，但是要形成风格不等于要用很多技巧或者丰富华丽的词藻。目前应该让人们都接受并且喜欢生态诗歌，才能够达到揭示和批判的目的。如果生态诗歌可以有各种不同风格的创作，有多样化且丰富性的主题和形式，就更容易让人接受和被打动、被影响。生态诗歌更怕的是被人认为是千篇一律的说教，只能揭示，而不能起到直达人心的作用。以生态审丑为例，如果要揭露被人类破坏得满目疮痍的现代世界，直白的描写不如漫画式的描写，强烈的控诉不如巧妙而且幽默的反讽，就像闻一多的《死水》中用以丑为美的手法，来讽刺旧中国的腐朽、丑恶，预示其即将灭亡。丑与美的反差效果（本来是要写丑的，但是用美的东西来形容和比喻丑的对象）刚好能够起到强烈的反讽效果，自然就达到了批判的目的。当人们读了此诗，会产生恶心、厌恶、反感，甚至愤怒的感情，诗歌抒情的目的就达到了。

当生态诗歌使用反讽等修辞手法时，诗歌就具有了犀利的批判风格，比如说鲁迅那种风格，既不会让人觉得太过直接而难以接受，甚至还有了更多的趣味性，使读者在接受过程中，也可以靠自己的想象和理解，参与到诗歌的批判过程中。生态诗歌比起其他诗歌其实更具有现实性，而且更具目的性，那就是能够揭露现实，影响现实和改变现实，特别是通过生态诗歌的传播来改变人们的人类中心主义思想，而代之以生态整体主义思想。

当然，反讽的手法只是其中一例。生态诗歌还可以有各种不同的风格，比如浪漫主义的、象征主义的、现实主义的、写实主义的、后现代主义的、古典主义的等等，创作者和批评者其实都可以作更多的探索和尝试。若是经过长久的尝试和丰富的创作实践，大可形成生态诗歌的各种流派和各种思潮，如生态浪漫主义、生态写实主义、生态荒诞主义、生态象征主义、生态后现代主义、生态科幻主义、生态女性主义等等，各种思潮和流派可以有各自的代表诗人、代表作品以及社团、发表平台。如此一来，生态诗歌才能真正日臻成熟、丰富，蔚为大观。

四、戏剧性

生态诗歌是一种很有张力的诗歌，因为这里面存在着对抗、反叛、怀疑、矛盾、革命、更新、重生等各种张力。因此，有张力的生态诗歌非常适合用同样富有张力的戏剧手法来表达。

喜剧性的生态诗歌，并不是指它有故事性或者有大团圆的结局，而是应该把生态系统和自然万物的美好、和谐、生生不息的生命力等以自然的、灵动的、神秘的、有趣的、轻松快乐的、怡然自得的形式展现出来。喜剧性的生态诗歌，首先需要让自然“复魅”（就是承认自然的神秘性和人的认知的有限性，人的主观能动性是不可能了解自然的全部的，也不能够用科学去解释自然的一切现象），而不是“祛魅”。复魅以后的自然会获得未知的、无限的趣味性，比如华海的诗句“一滴水在山里行走”和“花狐狸/倏地一下/闪过/山/亮了一下/又暗了/许多声音”；也可以将愚蠢、丑陋、贪婪、自私、自利、卑鄙、自以为是、狂妄自大、麻木不仁等人性以异化的、滑稽的、可笑的、调侃的、讽刺的、幽默的形式表现出来。

悲剧性的生态诗歌，也不仅仅是有悲惨的故事结局，或者是为了引起人同情的诗歌，而是通过痛心疾首的、伤心欲绝的、后悔不已的、恨铁不成钢的悲剧形式，展现被人破坏了的满目疮痍的自然、流血死亡的生命，肮脏凌乱的、不健康的、不可持续发展的现代化城市和残缺的、异化的、充满铜臭味的人文景观，被异化了的、功利性的、虚情假意的、紧张的、矛盾的、对抗的、再也不和谐的人与人之间的关系，人与社会之间的关系，人与自然之间的关系；或者通过扼腕叹息的、同情可惜的、沉重呐喊的、深情呼唤的悲剧形式，来塑造一个自然的形象或一个与自然有同理心的人的形象，表现他们为维护生态系统的完整和平衡而探索、为抵抗人类工业和科技的破坏而战斗、为改变人类中心主义思想而坚持的行动和努力，即使最终落得不被接受、不被理解，甚至被嘲笑、被残害的下场，这就是类似于悲剧式英雄的结局。

诗人东荡子的长篇生态诗剧《灵魂与土地》中“王寻找愚”的过程，就是充满悲剧色彩的过程。“王”不寻找可以助他一统天下的智者，反而寻找可以给他最原初忠告的“愚”，走到哪里都被人质疑、嘲笑。最终，王找到了愚，王不再是想要征服一切、霸占一切的权力之王，而成为一个让万物自有、遵循自然法度的自然之王。然而，这篇长达两千字的叙事诗剧完全不同于西方文艺复兴时期的诗剧或戏剧，后者总是企图寻找“智者”为他们指引方向，指引一条通往财富或者成功的康庄大道。这就是当时工业资本主义、帝国主义所追求的一切。剧本可以比诗歌更加有戏剧张力，如《堂吉诃德》或者《西厢记》。戏剧是一种既能讲故事，有戏剧张力，又能表演得淋漓尽致、充分抒发情感的文学体裁。在本论文写作之前，笔者曾与生态诗人阿红（侯良学）彻夜长谈，极力建议这位纯粹的生态诗人尝试写一部生态剧本，甚至可以拍出生态恐怖电影。不久后，眼疾尚未完全康复的阿红便呕心沥血般地写出了《洁癖患者》等长篇生态诗剧，让人惊喜。这不仅是剧本，是小说，还是生态组诗、生态长诗。

生态剧本有很多的可能性，可以在剧作家笔下、导演手中、演员的表演中被尽情发挥和演绎。它可以是恐怖电影剧本，可以是生活舞台剧剧本，可以是自然神话电影，生态童话歌舞剧，可以是人与自然相爱的爱情片、文艺片……生态剧本只要以生态整体主义为原则，即便是以人类为主角，抑或以拟人、象征手法，主观化地赋予自然角色以情感和行为，也可以传达真正的生态思想，带有人与自然关系的重建，带有爱护自然、和谐共生的情感，带有自我反思和现实批判，成为真正的、对大众有影响力的戏剧。

五、预言性与寓言性

西方生态诗歌早期除了具有较直接的批判性，还有着大胆的预言性。欧美生态诗人在工业革命不久以后，在西方发达国家正在蓬勃发展之际，在所有人都在为现代化进程、工业文明的飞速发展而欢呼雀跃时，就已经开始批判。因此，如同雷切尔·卡森、杰夫斯·罗宾森、加里·斯奈德等有着生态觉醒和很强预感能力的生态诗人，一开始都被人视为故意与发展的主流唱反调的异类。欧美生态诗歌极具预言性，即当西方国家开始走错路的时候，他们就已经强烈地意识到未来生活的环境将会遭到极大的破坏，生态危机的到来将不可避免。果不其然，事实证明，一边科技进步，一边环境退步，人类一心追求经济发展、人类利益，而不顾生态系统的失衡，甚至牺牲自然的利益，破坏生态完整和平衡，将无法与自然共生、可持续发展。直到今天，连人类自己的主观能动性也退步了，而开始依赖科技，依赖金钱，依赖机器。有鉴于此，时至今日，生态诗歌的预言性，仍然非常重要。因为人类往往只注重眼前的利益，不考虑长远的可持续的发展，而且人类会被金钱、利益、科技所左右，而变成异化的人，而非自然人。不讲一些逆耳之言，不说一些预感后果的诗句，就不能发人警醒。

生态诗歌有预言性的价值就是能够提醒、警示人类现在走错了路，让人们反思、反省和彻底改变自己的思想和行为。同样的，预言的警示作用要比直接批判来得更直达人心，更巧妙自然，更有影响的效果。华海的生态诗《小海》就是一篇“小寓言”。诗中孩子、海蜇和“小海”的关系已经是主体间性关系：孩子了解海蜇需要“小海”才可存活，孩子尊重海蜇的生命存在才不停地舀水企图拯救它们，而露底的沙坑永远也盛不满水，于是形成一个如西西弗斯神话那样的具有悲剧精神的小寓言。美国著名生态批评家斯洛维克认为：“它关系到人类努力运用他们的巧思以修正世界上的破坏性力量，无论那些破坏性力量是由人类的科技所导致，还是仅仅由非人类的自然进程所引起……这种写实表现证明人类企图校正自然界破坏力量的发明天赋是有限的，同时为了人类而提醒我们，人类在世界中只占有微小的位置，应当改正我们的狂妄自大。如此看来，这首诗告诉我们的是我们真实的生态处境，我们不是地球的主人，而应当是地球这个多样共同体中的谦逊成员。”[①]由此可见，华海此诗看似简单自然，却富含深意，“小海”的悲剧揭示了我们真实的生态处境和有限的智慧，启发我们重新思考人在自然进程中的位置及作用。

中国生态诗学的寓言性，还不仅仅是指这种“预言

① [美]斯洛维克：《“思索！——我们生活中的光辉”：关注可持续诗歌》，夏光威译，载华海编《敞开绿色之门——生态与诗歌暨华海生态诗歌国际学术研讨会诗文集》，太白文艺出版社，2008，第17–18页。

性”。中国传统的寓言故事、成语故事、谚语等，是中国传统文化精神的宝库。寓言性是指在短小的诗歌中，能够微言大义，能够蕴藏深刻的道理，能够折射人类共同的问题或人生价值。就此说来，生态诗歌更应该具有寓言性，它所体现的应该是生态危机的缩影，或是人类弱点的典型，或是错误道路的模拟，或是不良心态的折射，或是可笑行为的比喻，或是可怕后果的预感，或是可悲下场的预警，或是未来图景的预言……

当代生态诗歌在寓言的书写方面还可以更有创造性。可以从生态角度重写《精卫填海》《愚公移山》等故事，就如同鲁迅从民主科学的新角度重写带有封建礼教思想的《二十四孝》，著成《故事新编》一样；可以用神话、童话、文言文等形式进行创造。只要内容是生态思想，核心是生态整体主义，任何文学形式、修辞手法都可以灵活运用。我们正需要更多的创造力，使得生态诗歌的文学价值与生态价值兼备，经典性与传播性兼备，批判性、预言性与故事性、趣味性兼备。

六、史诗性

生态诗歌有它的渊源，人类从有文字起就开始表达人与自然的联系。正如前面第一部分所说，越早期的中国诗歌与自然的联系就越紧密。因为人类在远古时期是非常依赖自然的，中国古代农业社会的人们更是靠山吃山，靠水吃水。那时候自然万物还很神秘地存在于人的思想和文学作品之中，人类还非常尊重自然的神秘性和完整性。因为人类还不能解释很多自然现象，反而，那时的人类是谦卑的，对自然是敬畏的。也因此产生了一些有迷信色彩、宗教色彩的祭祀诗、农业诗、神话诗等古代生态诗。那时候人类是必然需要和完全依赖自然的，人类对于自然的感情，是敬畏、崇拜、热爱的。

追溯生态诗歌的源流我们可以发现，中国生态诗歌本身是具有史诗性的，采用诗歌的艺术形式表现和记载了人与自然关系、人的自然观的数千年来的变化，与历史的陈述形成了相互印证的作用。

我们注意到生态诗歌的史诗性，就能顺着此历史线索，找到人的自然观到底从什么时候开始变化，人与自然的关系从什么时候开始越来越远了，人类的生活生产方式从什么时候开始走错了路，人类与生态系统发展的轨迹是怎样的，未来的路应该怎么走……

生态诗歌的史诗性还有一个重要的作用，就是能让我们明白，人类最初的起源也是最终的归宿，就是和自然保持最为密切和谐、平衡、美好的关系，整个生命共同体才能够可持续健康地发展下去。

生态诗学中的史诗性特质，包含着对自然的复魅，包含着人与自然关系的原初面貌的重新修复，也包含着生态诗歌史、生态思想史和生态诗学史等各方面的内涵。史诗性必定会涉及中国传统文化和美学中的生态思想，比如道法自然、天人合一、众生平等、万物有灵等经典思想。

生态诗歌给自然“复魅”，与人类中心主义利用科技至上观和所谓的科学认知给自然“祛魅”是对立的。但这一点也被很多人误解。比如说，“复魅”的方式用到拟人、比拟、比喻、象征等修辞手法时，就会被人误解为“不科学”，可信度低。事实上，生态诗歌对自然万物的“复魅”比人类有限认知中的科学更科学。生态诗人和真正的生物学家、生态学家、人类学家有相似的观念，即自然界本身无限、神秘、永恒而博大、魅力无穷，不是人类的这些学科就能完全解释得透的。人类永远也不能做到“巧夺天工”“人定胜天”，比如雪花的美丽在生态诗歌中就是天生的、自然神秘的杰作；鸟儿的歌声也是天籁之音，不需要经过任何人为训练和修饰；蝴蝶的花纹不需要经过任何人为的装饰，每一只蝴蝶的颜色、式样都不同……大自然丰富多彩，魅力无限，人类只能通过不断地、谦卑地学习去更加了解、认识自然，欣赏、感叹和深爱自然的魅力，而永远不能完全掌握自然规律，获得自然的奥秘。这些都是生态诗歌应该保留和恢复的自然的魅力。

值得一提的是，在史诗性特质当中，即使有一些迷信的、宗教的思想，也应该是可以被理解和包容的。因为在生态整体主义的核心原则下，任何对自然的复魅，体现的是人的谦卑，而且是本质上的谦卑，即人本来就没有资格狂妄自大，还有非常多的自然现象是人类无法解释，无法理解，更无法控制的。所以，在生态诗歌当中的让自然复魅的形式，有可能不仅不是迷信的表现，还是非常科学的认知，因为他承认自然界是无限的，其奥秘也是不可完全捉摸的，不受人控制的，也不允许人去破坏的。

当然很多其他类型的诗歌也有史诗性，但如果那些史诗性的诗歌，只是歌颂人类在历史上的强大的主观能动性和让社会进步的作用，那么他们和生态诗歌的史诗性也是完全不同，甚至完全相悖的。因为生态诗歌的史诗性，还是站在生态整体主义的核心原则上的，而不是人类中心主义，人并不是“史诗”的主角，“自然”才是“史诗”的主角。

需要进一步指出的是，在一些经典的长篇生态诗中，其实总会同时拥有以上很多种特性。比如在前面所举例的东荡子的八幕诗剧《灵魂与土地》中，“王”象征着曾经盲目发展、欲望膨胀的人类，后来经由象征自然精神的“开”的灵魂对话而醒悟，放弃一切欲望和权力，而甘心做回一位自由与博爱的真正的王；而“愚”则象征那些一直迷惘却保留着质朴的初心、无奈被欲望驱使却深受苦难的凡人，他们一直想要找寻心灵的指引和精神的领袖，不想做物质和权力的奴隶。可见人类去伪存真，保留原始之“愚”，还是有希望醒悟和跟随自然的指引，回归美好本质和初心的。此诗是整个人类社会变化的缩影，也是人类思想变化的抽象，可以说这首非常有价值的生态诗同时具有明显的、典型的戏剧性、语言性和史诗性的特征。

作者：梅真　生态学者，香港大学哲学博士，香港私立大学助理教授

第二部分

生态诗歌文本评论

日常生活景象生态意蕴的领悟

——评华海生态诗集《蓝之岛》

龙其林

华海的诗歌在中国当代生态诗人中独树一帜，《华海生态诗抄》《静福山》《华海微诗选》等诗集是研究中国生态诗歌无法绕开的作品。他不仅自己创作生态诗歌，而且还进行生态诗歌批评，倡导生态诗歌写作，积极组织和参与中国生态诗歌活动，以自己的创作成果与实践活动影响着中国生态诗歌创作界和研究界。

华海出生、成长于中国文化重镇扬州，扬州悠长而温润的文化积淀潜移默化地影响着他。李白的豪放豁达，杜牧的诗情画意，王建的通俗凝练，王安石的现实情怀，作为文化上的集体无意识沉淀为这座城市无处不在的历史资源。与一些喜欢在诗歌中批判现实、注重审丑的诗人不同，华海的生态诗歌轻盈、灵动，在自然界的声色味道中流泻着传统士大夫的审美情绪，在人与万物的感应中书写着当代人回归自然的可能性。

在最近推出的诗集《蓝之岛》中，华海尝试拓展生态诗歌的写作路径，通过将日常生活引入生态审美的范畴，拓展生态诗歌的表现对象、话语边界、文化思考。诗集《蓝之岛》分为两辑，第一辑“你摘下天空一角，寄放于水上”，第二辑“一只梅花鹿的跳跃，光的神秘”。每辑各有侧重，但两辑之间又相互融合，统摄在“蓝之岛”这个特殊的意象之下，成为一个密不可分的整体。

在《蓝之岛》中，华海的生态诗歌创作有了较大的转型。如果说在此前的生态诗歌创作中，华海主要以人与自然和谐统一作为审美旨归的话，那么到这部诗集中他则将关注的目光从荒野、山脉、河流移至现实生活，注重在现实生活中发现隐藏的生态意味与哲理思考。这种转变，不仅意味着作品的表现对象由非人的自然景物转向于充满张力的社会生活，而且意味着诗人的立场由外在的审美转向于个体的精神生态发现与文化反思，情感由浓烈转向冲淡，话语由强烈转向平和。对于华海来说，尽管之前他也创作过如《蓝藻牌湖水》《捏着农妇芳嫂干瘪的稻穗》等具有较强批判意味的诗歌，但是其生态诗歌创作几乎都以表现人与自然和谐相处的生态诗境为特质，因此这种创作转向可以说具有某种必然性，是其内敛、隐忍诗风的一次继续沉潜。

华海在诗集中努力地想要为人与自然寻找到一种健康、正常的关系。中国社会的都市化进程越来越快，人们不得不逐渐地远离自然，进入钢铁都市与水泥丛林中努力适应。远离田野与乡村，必然意味着对于自然的疏离，由于人与自然的长期隔绝也必然会产生一系列精神症候。在中国当代生态文学中，几乎所有的作家都在一边倒地批判城市，在笔端歌颂自然，倡导皈依自然。但一个显而易见的问题是，在现代化进程越来越快的今天，回归自然已经是一种奢望，在城市生活、工作将成为一种常态。如果作家还在生态文学作品中一味地批判城市、否定城市，那么是否也会由此造成身体与心灵的裂痕呢？华海开出的药方则是倡导人们在都市的日常生活中重新观察自然的瞬间、自然的片段，聆听自然的声音，感受自然的气息，让久被都市异化的情感得到矫正。

在华海的笔下，都市生活中的环境具有抚慰人心的力量，最关键的还是需要有一颗虔诚的、充满领悟力的心灵。人们只有将身体和心灵同时融入日常生活中的微小自然，才能发现另一个动人世界的大门已经敞开。“秋天，由雁阵揭开的暗伤/又被深蓝的湖水倾覆/枫树与黄栌，在风中较劲/比试谁的色彩更为深沉/多余的，过度的，正在剥离/落叶让丛林回归简单/在所有的事物中照见自己/就能在个别缺陷中发现完整/流水越来越慢，犹如/眼眸也在沉淀中变得清澈/置身一片空地，傍晚时的光/恰好映在你平静的脸上。”（《照见》）又如，“一只麻雀迷失在小小身体里/远近的水声有一种漂浮的雨意/雨珠在枫叶的手心漏下来/时光不甚清晰，类似山水画的残卷/八大、石涛，还有倪云林/从水墨中走出来，风有几分醉态/他们是另一些意象，更逼近/夜晚的真实，实即为虚，静亦是动/石头在泉水下隐匿，人声远去/忆起那时的钟鸣是隐隐的心动/隐秘的风景总会藏在岁月的边缘/你把自己缩小为鸟或墨点，于纸上。”（《写意》）华海在诗作中以浪漫的手法描写了自己在日常生活中见到的自然景象，哪怕只是常见的雁阵、麻雀、雨珠、落叶，也能激活他的细腻感受与精神想象，小小的自然物象就能让诗人的感官得以重新舒展，忘记世俗的、理性的、机械的语言，而借助于所领悟的生态意象进行精神的遨游，展现了人通过语言、想象返回自然的某种可能性。

华海的诗集《蓝之岛》通过对日常生活景象的书写揭示了自然无处不在的生命力，探索出钢铁都市中人与自然和谐相处的可能途径，是对当代生态诗歌的一次有益探索，值得文学界重视与研究。

作者：龙其林　上海交通大学人文学院长聘副教授，广州市黄埔区作家协会副主席

华海生态诗歌的审美空间

蒋述卓　张琴

华海是国内最早开始倡导与创作生态诗的诗人之一，曾在《诗刊》开辟生态诗歌专栏，出版《当代生态诗歌》《华海生态诗抄》等多部生态诗歌与评论集，对生态诗歌如何揭示生态文化危机、普及生态意识和改善生存空间有深刻的思考。面对总体上持续恶化的生态环境，我国大力推进建设环境友好型社会，为生态文学提出了深度参与生态文明建设的历史新要求。对华海生态诗歌的审美空间进行分析，不但有助于了解华海在生态诗歌餅作上的艺术尝试，也有助于探索生态诗歌重审人地关系、助力生态文明建设的方法路径。

一、生命的空间体验

人类文明是关于生命的文明，诗歌创作亦是人类对于生命的沉思和追寻，“（诗歌）艺术本就是人类——艺术家——精神生命底向外的发展，贯注到自然的物质中，使他精神化，理想化。”[①]“任兴而作”“兴发意生”，诗歌

① 林同华主编：《宗白华全集》第1卷，安徽教育出版社，2008，第190页。

审美创造过程中精神生命由内向外的发展，则有赖于人类身体知觉作用在生存环境时的直接兴发。诗人主体的知觉体验与生命在诗歌审美创造的本体论活动中具有同构共生性，正所谓“诗人之兴，感物而作”。体验切入情感，内置于生命，生命则因体验而获得自我观照的机遇。“生命过程在瞬间找到‘体验’，体验在刹那间与生命相遇产生诗。诗就是生命与体验最恰当最透明的中介，诗就是体验与生命最高级最优化的组织形式。”[①]华海便是以自身生存与自然外界的关系为起点，将生命体验转化为诗之创造的内在核心，奏响了诗歌的精神乐章。

华海创作生态诗歌的生命体验，则根植于他生存、思考、感兴性灵的生活空间，与脚下那片深沉辽远的大地相依共生，一如《把笔搁在笔架山旁》所述，“把笔搁下来/把一个四十一岁异乡男人的疲倦搁在这粤西北翠绿、沉静的山冈/把半生对长江以南的南山的眺望/轻轻搁在千里外北江之北的笔架山旁”[②]。莫里斯·梅洛–庞蒂通过分析身体的空间性论述了空间知觉与物体知觉、物体空间性与物体存在之间的同一关系，“我们的身体首先不在空间里，它属于空间”[③]。人类的生命体验并不来自意识层面的自觉认知，而是在消除人作为主体和外部空间环境作为客体的

① 陈仲义：《诗的哗变》，鹭江出版社，1994，第79页。

② 华海：《华海生态诗抄》，大众文艺出版社，2006，第34页。

③ [法]莫里斯·梅洛–庞蒂：《知觉现象学》，姜志辉译，商务印书馆，2001，第196页。

二元对立性之后，原始空间性融合于身体存在本身瞬间生发的身体知觉，“在被生活空间中的人靠着与空间互动的行为与关系，具体化所在的世界，集结经验的意义，借此创造对外在世界的解释，也建立对自我认识的解释”[①]。华海的身体诸觉的审美体验，根源自他数十年所栖居的空间——清远和连州两座岭南粤北山城，也即静福山和笔架山，其实质是华海作为栖居者在这处生存空间能动地进行生产生活时产生的恋地情结，是人与自然、人与被视为家乡的空间环境之间紧密联结的有力体现，这份特殊的人地依存情怀，便是华海生态诗歌空间体验书写的有机要素。正如华海所说：“这些（生态）散文诗根植于我生活的粤北清远独特的地域生态，我将这方山水作为灵魂安居之所，试图在具体地点与自然重新建立联系。”[②]

静福山、笔架山作为现实存在的自然环境空间，可以与诗人的生命意识与经验切实能动地审美共振，在诗人进行诗歌创造的意向性结构行为中成了一种“人类将自身的意图铭刻在大地上的空间”[③]。因江苏祖屋被工厂挤占而飘零无根的诗人华海，将自己“找家、寻根”的强力意志灌注到了他所生活的山野空间中，希望在其中寻找到可供

① 吴冶平：《空间理论与文学的再现》，甘肃人民出版社，2008，第66页。

② 华海：《红胸鸟：生态散文诗集》，南方日报出版社，2021，第3页。

③ [加]爱德华·雷尔夫：《地方与无地方》，刘苏、相欣奕译，商务印书馆，2021，第20页。

他再栖居的精神家园。“个人的地方以知觉空间为基础，源自个人的直接经验……空间里的某些方面被识别为地方。”[①]通过诗人自觉的生命体验和意志显现，静福山、笔架山这一实在空间便化为了华海生态诗歌中与其生命印迹和寻根意向性息息相关的个人的地方，更具体来说，便是诗歌中的精神家园。山野空间在华海生态诗歌中所呈现的形象，与他神往苦寻的精神家园具有广泛而生动的体验联结关系，两者的空间形象有着本体论上的经验同构性。

在中国古代诗歌中，早已出现将田园自然、荒原山野视为人们赖以交游、谋生和栖居之家园的描写，一如王绩这首《野望》，“树树皆秋色，山山唯落晖。牧人驱犊返，猎马带禽归”[②]，叙写东皋野望之所见，原野之景不只有秋叶凋零与群山夕照，更有牧人驱赶牛羊和猎人捕禽归家，人与自然生生相依的中国传统哲学生态观蔚然成相。而由华海的生命体验兴发而成的生态诗歌，继承了古代诗歌关于人与生活空间的奇思妙想，极尽笔墨地描写了静福和笔架两座遗世独立、不惹尘嚣的山峰，不仅描摹了实质存在的四时秀丽山景，“今年的第一阵秋风/在笔架山里遇到我的时候/就停了下来/那一刻，山洼里芦花的白色/停了下来山腰里栌叶的红色也停了下来”[③]；更视其为抽

① [加]爱德华·雷尔夫：《地方与无地方》，刘苏、相欣奕译，商务印书馆，2021，第20页。

② 夏连保校注：《王绩文集》，三晋出版社，2016，第109页。

③ 华海：《静福山》，中国戏剧出版社，2011，第62页。

象层面上诗人灵魂栖息、生命植根的生存家园，在山野与家园的空间同构性联结中呈现了华海寻根山野的生命意志。“这是一种无穷的循环　在死亡之后/时间还会回来　季节还会回来/就像我的肉体和灵魂　即使化为笔架山的泥土、水和空气　也是不灭的元素/会在另一个生命里被那双手重新点燃。”①

华海生态诗歌中的山野与家园形象具有空间同构性，体现在诗歌中的山野能如家园一般，作为回忆的生发地而引起诗歌对生命伦理的共振和想象，唤起人们心中回返本真的归根意识。诗人在《静福山系列之十八》一诗中曾揭示过身处静福山中体验的记忆游戏：“无数次进山　让每一次的细节模糊/而鹅卵石铺就的甬道愈益清晰/行走与心灵只有一个指向/一枝灯笼花呼应着一声雀鸣/时光里的机遇偶然化为必然/遍地野花打开黄色花蕊。”②华海没有在重复数次的进山行为中记住山的处处模样，而是认识了每一次进入静福山都必然会生发的自我生命意识，发现了在静福山这一空间中必然会产生审美想象的自我生命状态，诗人将这一事实留在了记忆中。这与家园唤醒的记忆内容何其相似，家园作为人们日常憩息的场所，常被想象成一个集中的存在，唤起我们的中心意识。“空间性在人类想象中起着重要作用。空间形象的物质性与心理过程间存在重要的联系，因此记忆确实与其在何处有关系，我们与文学文

① 华海：《静福山》，中国戏剧出版社，2011，第66页。
② 华海：《静福山》，中国戏剧出版社，2011，第18页。

本接触所促成的心理意义的暗示，既是由时间构成的，也是由我们自身的空间感构成的。”[①]诗人记住的不是被静福山唤醒的当时的生命意识，而是记住了静福山能以何种空间形象和功能唤起生命想象，而这恰恰是作为生命根源所在的家园也具有的空间特性，“由于有了家宅，我们的很多回忆都安顿下来……人们有时以为能在时间中认识自己，然而人们认识的只是在安稳的存在所处的空间中的一系列定格”[②]。华海诗中的山野与家园作为空间唤起生命体验与记忆，“把人的思想、回忆和梦融合在一起”[③]而无限绵延。

二、文化的空间批判与反思

华海在《我的生态诗观》一文中提出，生态诗歌是工业文明积习的一种文化现象，在现代生态文明观下可以从正题和反题两个方面来进行汉诗写作。正题是“借助语言的梦想回到自然并重构自然和人的和谐关系”；反题是“现代性的批判和生命危机的警醒”[④]。华海便是在正反两题的观照下，构建了他生态诗歌景观中的异质空间。纪秀明认为生态文学异质空间通常表现为两种形态，“一种是与不和谐、不平衡现实相背驰的理想乌托邦空间。另一种

① Richardson，Bill，*Spatiality and Symbolic Expression*，Palgrave Macmillan，2015.

② [法]加斯东·巴什拉：《空间的诗学》，张逸婧译，上海译文出版社，2009，第6页。

③ 同②。

④ 华海：《华海生态诗抄》，大众文艺出版社，2006，第176页。

是与现实不同，具有现实预警机制的恶托邦空间”[①]。无论是理想乌托邦还是恶托邦，在形式上实际都是属于空间范畴的概念，被卡尔·曼海姆称为“空间的愿望”[②]，亦被大卫·哈维视为反观当代空间困境的镜子。华海所构建的两种异质空间，是诗人对现代工业社会这一生存空间的生态危机及其背后社会文化的有力批判，也是他对人类精神如何自处、人类与自然空间如何相契的积极思考。

1. 大地失落的警醒

工业文明高奏凯歌以来，人类赖以生存的环境空间逐渐遭受了前所未有的破坏，利奥波德曾以“大地”概括了包括“土壤、水、植物、动物”[③]等有机体在内的整个生态空间，有机体之间相互联系、相互作用而形成的生态空间不仅与人类地位同等，更是与人类不分主客的美丽家园，“大地”这一生态空间的失落本身就是一场工业文明异化自然环境的危机。《来历不明的粉尘》描述了粉尘铺天盖地地侵占生活空间的图景，“粉尘落下来只一会儿工夫/路黑了　树木黑了/行人的脸也莫名其妙地黑了”[④]。《蓝藻牌湖水》以蓝藻口吻自述了太湖生态污染的情景，“如果没

① 纪秀明：《论当代西方生态文学中的异质空间》，《当代外国文学》2012年第1期。

② [德]卡尔·曼海姆：《意识形态与乌托邦》，黎鸣、李书崇译，上海三联书店，2011，第205页。

③ [美]奥尔多·利奥波德：《沙乡年鉴》，侯文蕙译，吉林人民出版社，1997，第193页。

④ 华海：《华海生态诗抄》，大众文艺出版社，2006，第90页。

有 你们许许多多的工厂大鳄张开狮子口/喷吐污水浊油，我那冤家啊绿藻/哪会窒息地死，我蓝藻哪能如此肆意快乐地长/平衡怎会打破阴阳又怎会颠倒”①。华海用许多直面衰败环境、揭露污染真面目的生态诗歌，呈现了与美好、健康、绿色背道相驰的恶托邦空间形象，大地变得这般满目疮痍或许是因为城郊农民烧秸秆的烟灰，或许是因为化工厂的排污，但无一例外都是工业化侵害自然生态、人类生存空间受损的表现，是华海在生态问题刺激下的危机意识。

生态诗歌中描述的失落的大地，不仅是华海对人类在现代化进程中支配、破坏自然的危机预警，更是诗人对生态危机背后的深层文化原因提出的尖锐批判。大地的生态危机不仅意味着生态质料层面出现问题，也影响着人类在“诗—思”基础上的精神栖息与情感需求。

华海意识到空间环境不仅关乎文化伦理层面上人们的身份和地方认同，在心理维度上也关系着人们对空间的归属感和安全感等情感需求。正如海德格尔所言，“大地照亮了人得以在其上和其中建立栖居的根基”②，它是一种“自然事物尚未与人发生存在关联时，意义晦暗、沉默的空间”③，与“大道”和“自然”息息相通。栖居在大地上能让存在者还原到他的生存过程中，人们自我身份认同、

① 华海：《静福山》，中国戏剧出版社，2011，第76页。

② [德]马丁·海德格尔：《林中路》，上海译文出版社，2004，第32页。

③ 王茜：《现象学生态美学与生态批评》，人民出版社，2014，第77页。

审美体验与生存记忆就这样与大地具有的环境质素共时生发，“环境质素对在身体、情感甚至精神配置上决定我们是谁的问题至关重要”[①]。因此，华海在《山望》中号召人们将心灵停驻在跳动着生命脉搏的荒野自然中，未免在都市的喧嚣中迷失自我，“荒蛮中的野草、灌木漫延着/生命的沉静与朴拙……就这样与山/一起守望吧那河流、村落/和都市的喧响停留在烟尘深处”[②]。又在《时光三重奏·日光》中痛心地呼唤迷失在城市钢铁丛林中，同诗人一样不知归处、遗失了身份认同与姓名的生灵，想要唤起他们心中对自然本真的依存感，叫醒那些被现代城市异化、消抹的心灵，“山气迷蒙　风的踪影敛息/像一只远去的黑鸟　迷失于/城市钢铁的丛林　沉沦的时光/所有的事物在坠落　深陷亘古洪荒/‘那无名的、失名的，诗人/你到底怎样呼唤？’那声呼唤/便是天际滚动的雷鸣　是一双/神秘的手　把无数生灵/从肉体重唤醒　把光从影子里/唤醒　一切重又明净如初”[③]。华海肯定了非人类生命及自然大地的内在价值，拒斥一味损害自然、忽视自然的人类中心主义思想，“天地与我并生，万物与我为一”的生态智慧自然流露。

然而工业文明对环境的破坏损害了生存空间原有的心灵庇护所功能和本真的家园光晕，个人无法通过肯定“存

① Dreese, D.N., *Ecocriticism: Creating Self and Place in Environmental and American Indian Literatures*, Peter Lang, 2002.

② 华海：《华海生态诗抄》，大众文艺出版社，2006，第23页。

③ 华海：《华海生态诗抄》，大众文艺出版社，2006，第10页。

在”而成就自我，“栖居并没有被经验为人的存在；栖居尤其没有被思考为人的基本特征”[①]。华海深深地为现代化进程中归属感、安居感的失落而焦心，正如迈克·克朗所说：“现代技术在创造物质繁荣的同时，却使人们在地方情感方面陷入危机，产生了非人格化的景观。它们以冷冰冰的理性主义导致了现代景观的形成，可是人的情感被否定，道德遭忽视，个人的对其生活环境的责任被降低到最小程度。”[②]华海痛斥了大地失落带来的这种人性异化。针对身体生理层面的失衡在《窗外，飘来怪味》一诗中哀叹居民习以为常于来自制药厂的怪味，痛惜居民的状态从“怒上心头拍案而起”被异化成为“没有闻到窗外怪味而在等待中失眠”[③]。在《醒着的人》一诗中痛批被发展的浮华遮蔽了内心世界、放弃了灵魂宁静的现代人，“陡然醒悟生命只是一架工业的机器。忘记自己本是有灵性的生灵”[④]。华海通过批判人性异化的现象，沉痛指出破坏生存空间的文化沉疴，以雇佣劳动制度发展而成的工业文明使人同自己的劳动产品、自己的类本质相异化，正如马克思所说：“在劳动中耗费的力量越多，他亲手创造出来反对

① [德]马丁·海德格尔：《海德格尔选集（下）》，孙周兴选编，生活·读书·新知三联书店，1996，第1191页。

② [英]迈克·克朗：《文化地理学》，杨淑华、宋慧敏译，南京大学出版社，2003，第132页。

③ 华海：《华海生态诗抄》，大众文艺出版社，2006，第88页。

④ 华海：《红胸鸟：生态散文诗集》，南方日报出版社，2021，第49页。

自身的、异己的对象世界的力量就越强大，他自身、他的内部世界就越贫乏，归他所有的东西就越少。”[①]现代化的脚步侵占了人类朴素的生存空间，“无家可归是凡人在大地上安居的真正困境”[②]。华海敏锐地意识到人们在工业社会中因物质而忽视了自身的生命力量，以鲜明的批判立场直逼深层文化缘由，“物质和利益的力量在控制和改变着人们的精神，空虚、失落、浮躁成了现代人普遍的心理现状，人成了被抽空的人”[③]。

工业文明对生存空间的侵占将导致深刻的生态危机，以及更深层次的社会文化、道德伦理忧患，“人们否认对生活空间的情感，他们不关心与周围环境甚至与自己的关系。当人们忽视他们与非人类自然的联系时，他们就会退化和剥削自然，从而导致生态危机。当人们忽视彼此之间的亲密关系时，他们之间就会失去信任和尊重，从而引发社会危机”[④]。正是意识到了这一不容忽视的生态与文化危机，华海书写破败衰颓的恶托邦形象，为到来的生态危机敲响警钟。

① 中共中央马克思恩格斯列宁斯大林著作编译局编译：《马克思恩格斯文集》第1卷，人民出版社，2009，第157页。

② [德]马丁·海德格尔：《海德格尔选集（下）》，孙周兴选编，生活·读书·新知三联书店，1996，第1204页。

③ 华海：《生态诗境》，中国戏剧出版社，2008，第75页。

④ [美]劳伦斯·布伊尔：《环境批评的未来》，刘蓓译，北京大学出版社，2010，第115页。

2.重建生态乌托邦

“生态诗歌具有批判性、体验性和想象性的美学特征，它既能发挥危机警醒、现实批判的作用，又能引领人们寻找正在消失的生态美。”[①]华海对生态诗的创造并不止步于警示危机和批判文化现象，他更积极地在其中探索生态文明的出路。诗人试图在生态诗歌中构建一个“尊重所有生命所有自然物以及共同体”[②]的想象空间，以生态诗为媒建立人与自然和谐为一的大地伦理关系。正如诗人所说：“通过想象的力量黏合破裂的现实感觉和精神碎片，从而在自然中呈现神秘，在生命之间呈现精神的澄明，在虚拟的诗歌空间呈现本原的世界，进而指向语言的幻境——梦想的境界或所谓的‘生态乌托邦’。”[③]

华海建构生态诗歌的乌托邦空间，要对抗现代化进程中失落的生存空间和步步紧逼的生态危机，“通过设置乌托邦异质空间，以原始、野性的场景‘他’空间远离文明社会的体制、传统等的约束，以其呈现出的广袤幽深的特征，同或衰弱停滞或局促束缚的现代空间形成强有力的反差，形成对规约空间的反叛与抵抗”[④]。新冠肺炎无情地侵袭了城市生活，然而，在远郊的农村仍然有一片广袤深邃

① 华海：《生态诗境》，中国戏剧出版社，2008，第51页。

② 华海：《生态诗境》，中国戏剧出版社，2008，第35页。

③ 华海编：《敞开绿色之门生态与诗歌暨华海生态诗歌国际学术研讨会论文集》，太白文艺出版社，2008，第271页。

④ 纪秀明：《论当代西方生态文学中的异质空间》，《当代外国文学》2012年第1期。

的天空，温柔而无声地对抗着残酷衰颓的疫情战场，“在旷野蓝空下，你把口罩摘下。看到村舍的炊烟慢慢升起，心头涌起久违的感动——又听到大地上远远的呼唤”[①]；仍然有一线山的夹缝能让人“恍如回到筑巢而居的远古荒野”，从中传出风、树、山中泉流的声音与“心中留存的温暖相似”，呼唤着“远去的本源和良知”[②]。华海描绘出一个朴素、原始、绵延深远的生态乌托邦。

华海生态诗歌还要重新开辟能让人们诗意地栖居的乌托邦空间，试图救赎在浮世中被遮蔽、异化的心灵。海德格尔指出，“栖居是终有一死的人在大地上存在的方式”[③]，面对现代工业社会对人类生存空间和生存方式的步步紧逼，想要让人自由地诗意栖居要从审美的、思想的维度出发，保护人与自然这个整体。栖居不是简单意义上的居住在实际的建筑里，而是体验天空、大地等自然质料的本源生存状态，并将它们保持在“生存世界的意义网络里，使人能够通过直观自然而领会生命的神圣，感受到世界的意义深度”。在华海生态诗中，人与自然是统一的共同体、绝对的不分主客，人自身存在就是自然空间，能够“让自己像绿色的风吹过去，像绿色的雨落下来”，甚至

① 华海：《红胸鸟：生态散文诗集》，南方日报出版社，2021，第186页。

② 华海：《红胸鸟：生态散文诗集》，南方日报出版社，2021，第188页。

③ [德]马丁·海德格尔：《海德格尔选集（下）》，孙周兴选编，生活·读书·新知三联书店，1996，第1191页。

能够“听到自己生命里面也在发芽、开花、结果”[1]；人还能够是南海一阵秋天的风，“在南海的山水间漫步、在康有为的故居徘徊、在南海的乡野大地上穿行”[2]。在华海生态诗中，人更能以保护共同体的行为成就其存在的自身，“人啊，你不必无奈，也不必在意自己被忽略的意志”，因为世间万物自有生命的本质规律，人们只用顺应自然地“抬头进入一棵大树，俯首凝视一朵野花、亲近泥土”，“就让风的双翼垂落吧，在浮尘之下，生死之后，归复于事物的安详”[3]。正如海德格尔所说：“栖居即意味着始终处于自由之中，这种自由把一切保护在其本质之中。”[4]华海在生态诗中塑造了一个由天、地、人共同构成的“作品的世界”，也即一个由人的栖居本质自行敞开的非质料栖居空间。在“把大地本身挪入一个世界的敞开领域中，并使之保持于其中”[5]的同时，华海生态诗歌也让一个本源的、原本自行闭锁的、作为人栖居之根基的大地被澄明地敞开了，自然的审美和体验建构起了人的存在，华海低吟

① 华海：《红胸鸟：生态散文诗集》，南方日报出版社，2021，第74页。

② 华海：《红胸鸟：生态散文诗集》，南方日报出版社，2021，第114页。

③ 华海：《红胸鸟：生态散文诗集》，南方日报出版社，2021，第143页。

④ [德]马丁·海德格尔：《海德格尔选集（下）》，孙周兴选编，生活·读书·新知三联书店，1996，第1192页。

⑤ [德]马丁·海德格尔：《林中路》，孙周兴译，上海译文出版社，2004，第32页。

着“流水从天上来，浪涛的声音高过了欲望的声音、语言的声音，我感到脉搏的跳动也成了浪花的一部分”。心灵得以在物我两忘、道法自然的生态审美中深度栖居，获得自由。

三、语言的空间张力

陈仲义认为张力处在如网络般交织缠绕的关系结构中，“张力处于诗歌各种质素的焦点中，张力穿梭于复杂的关系网络中才显示出其巨大的存在与功能”，若单纯从诗歌语言的维度出发，这种关系结构“必由两种或以上的抗力构成，以多元的反射空间组成诗的意义关系”[①]，因此诗歌的语言张力原发地带有空间性质，这同时也是诗歌魅力磁场之所在。语言的空间张力在华海生态诗歌中的实现路径不落窠臼，以视觉表象和声音符号的对立与异质构建了诗歌内外的张力结构，并由此映射出文学空间场域中深邃的生态之思。

由于诗歌内在含义的复杂含混，往往在纸面上以特定的语言书写形态来保持其诗性与空间张力之美，“视觉的诗是最符合空间——准确地说，是最符合空间的表象特征，而足以与绘画、雕塑等真正的视觉艺术携手联欢的……能在具体可视的字句排列中直接体现搭积木式的空

① 陈仲义：《现代诗语言张力论》，长江文艺出版社，2012，第72页。

间美”[①]。华海以诗句分行、孤立词语的形式切断了意义连续的诗句，在行与行的断口处预埋了诗意蕴藉的空间张力。

季节循环穿越　让酷暑里流荡的
清凉　洗涤茫茫都市的浮躁
让冬日的雪霰、冰挂　冻结
红尘野火般的余年　你便成了一缕
清风　在湖边任意一片树林
栖息　在任意一片绿叶上侧耳聆听[②]

在《天湖密语》一诗中，华海以分行断句的方式将特殊的词语独立“抛”到句首，天湖是酷暑里洗涤浮躁都市的“清凉”，得以宁静的灵魂由此自然化为一缕“清风”的状态，自由悠然地“栖息”在大地任意一个角落。诗行之间的空白削弱了词语前后的成分的空间存在感，同时也使被孤立的词语达到顶峰的突兀。在《雨夜想起小鸟、虫子和蚯蚓》一诗中，诗人则将“明亮”“敞开”“隐秘”“冲动”[③]等词语立在句首，以表达三种自然生物活动的状态。被孤立到句首的清凉、清风和栖息是天湖本真所有的澄明之境，被驱赶到句首的“明亮”“隐秘”“冲动”则是动物具有的纯真可爱之本质。华海正是以语言形

① 陈振濂：《空间诗学导论》，上海书画出版社，2020，第11页。
② 华海：《静福山》，中国戏剧出版社，2011，第32页。
③ 华海：《静福山》，中国戏剧出版社，2011，第118页。

式的孤立达到生态思想的突出和深厚，在形断意连的张力空间中礼赞自然和谐的诗意大地。

另外，华海善用具有互斥属性的诗歌语言进行排布，矛盾的意象弥散成矛盾情境，不和谐、不圆满的书写让诗歌豁开了一个悖论空间的缺口，呼应着自然衰竭的生态主题。“你看到不远处　漫漫青草/还在绿　但绿得忧伤/簇簇野花还在红　红得绝望”[①]，《山火之后》一反以绿代表欣欣向荣、以红代表朝气蓬勃的常态，用“绿—忧伤”和“红—绝望”两组互斥的语言拉开一个意象的悖论空间，在视觉上展示了山林遭遇大火之后生命衰竭、生灵绝望地呐喊的生态颓景，诗人发出了自然生态被破坏的痛心疾呼。“你说一声鸟叫不重要/但是只有一声鸟叫/它就是全部的鸟叫/你把自己的重要放大/放大到没有一片绿叶一声鸟叫/甚至没有一滴水的位置/反而成了一个巨大的/一碰即破的‘0’。”[②]《同一种语言》一诗中，华海连续使用结构整齐划一的三段布局，展示了人类认为一滴水、一片绿叶、一声鸟叫不重要，而认为自身最重要的人类中心主义思想。华海将“重要—不重要”“表现重要—实质重要”的两组互斥坦荡地罗列在三段诗歌中，诗中所言的一滴水、一片绿叶、一声鸟叫的“一”并非单纯的数字意义，而是由道产生的作为统一体的原始混沌之气，其不断衍生出阴阳、三才直至天下万物，结构整齐统一然而意义相斥的空间形式使诗歌气势如

① 华海：《静福山》，中国戏剧出版社，2011，第73页。

② 华海：《静福山》，中国戏剧出版社，2011，第87页。

虹，其中蕴含的“道生万物”生态美学智慧熠熠生辉。

华海生态诗歌所使用的语言除了在诗歌的形体方面具有视觉表象的空间张力，还在诗歌的内容方面具有听觉想象的空间张力。“符号的功能是语言文字具有一种张力的特征。一个符号的出现并不意味着单是一个事实的出现，而是一个想象空间的出现。”[①]语言文字所具有的符号功能赋予了诗歌延伸出想象空间的张力特征，是一种由诗歌里向内容延展到外向象征的空间功能，华海生态诗歌则是用表现与声音有关的意象符号运用这一技巧，发挥了其内容上的空间想象功能。

“人们对空间的感知和体验与声音景观有关”[②]，声音能够构成人们听觉上所感受到的景观，是一种“强调个体或社会感知和理解的方式的声音环境”[③]。这样的声音景观将声音自身、产生声音的空间以及感受空间声音的人类主体有机连接在一起，形成了一个与声音有关的语言符号，一定程度上能引导人们纵深思考声音空间环境所具有的地理色彩和人文意识。华海在生态诗中描写了许多自然的声音，通过使用直接拟声词、口语化描述意象等方式呈现了自然生灵在生态环境中的生存面貌，展现出了诗人关于万

① 陈振濂：《空间诗学导论》，上海书画出版社，2020，第35页。

② Julien Tardieu, Pauline Lazareff, Franck Poisson, Stephen McAdams, Patrick Susini，“Perceptual study of soundscapes in train stations，”*Applied acoustics*，2008，69（4）：1224–1239.

③ 张道永、陈剑、徐小军：《声景理念的解析》，《合肥工业大学学报（自然科学版）》2007年第1期。

物有灵的自然哲思和生态体验。

“在山河之间，静静地听秋风的声音，你恍然领悟——秋风原来并没有自己的声音。它只是树叶落地的沙沙声、浪花翻卷的哗哗声，它也是秋虫长长短短的鸣叫声，或许，它还是一个人在心中的自言自语。”[①]尽管这首《听秋风》展示的“沙沙”“哗哗”声并不是生命体的鸣叫，但这般直截了当的拟声符号为阅读提供了沉浸的听觉感受，形成处身空间与想象空间异质的张力缝隙，肯定了这一空间对感觉经验的积极贡献。《霜迹》一诗中“呜呜地　门外陡然一阵风过/在林间吹响唿哨　茅草/唰唰啦啦地呼应　恍惚一只野兔/急速跑过草坡”[②]，塑造了“呜呜”的风和“唰唰啦啦”的茅草；《和鸣》一诗中记录了雾、泉、鸟、天空、森林和谐共鸣的“嗷嗷”声。这些生态诗歌中的自然景观通过这一发出声音的行为功能塑造有灵的生命，也形成了一个万物有灵的诗歌艺术空间。

与自由小诗不同，华海自觉地创作了诸多以叙事抒情、不拘建筑美感为特色的生态散文诗，它们所呈现出来的心灵世界“无疑比小时更显丰富和多彩，为作者提供了展现灵魂抒情性的动荡、梦幻的波动和意识的惊跳”[③]。正是得益于散文诗在情绪和构思上的延续性变化，华海能

① 华海：《红胸鸟：生态散文诗集》，南方日报出版社，2021，第100页。

② 华海：《华海生态诗抄》，大众文艺出版社，2006，第20页

③ 黄雪敏：《文体与空间诗学研究》，广东高等教育出版社，2019，第119页。

以生动的方式浑然叙写生灵发出生命呼叫时的声音景观。比如《蓑羽鹤》，它记录了5万只蓑羽鹤飞越喜马拉雅高山时的肃穆壮景，为了表现这一个并非是炫技，而是蓑羽鹤展现自身生命力量和坚韧意志的瑰丽景象，华海选择将蓑羽鹤的叫声比喻成威严庄重的号角声，“那是一个深秋的傍晚，在海拔5000多米的高山，我突然见到一群蓑羽鹤腾空而起，发出尖锐的叫声，如大风中的号角，直逼暮色苍苍的云霄”①，借助审美诗歌的想象力使我们“听”到号角撕裂虚空、抨砸落地的轰鸣，同时联想起“四面边声连角起，千嶂里，长烟落日孤城闭”的苍茫边塞，让生态诗歌如华海自己所说：“以语言回到了生命的在场，回到真实的存在，在具体的地点和场景触及人的感觉和自然之微妙，营造出整体关联、循环运动、生机涣然的幻美诗境”②。“在地域空间中产生并扩散传播的各类声音，是人们理解、体验、获取日常生活地理信息的重要来源”③，正因为地域空间具有的声音属性能激发人的个体感应，形成声景的文化关联，并由此构建其空间感知，号角与鸟鸣之间形成的异空间张力，即时召唤起我们对产生了如此庄严肃穆之声音的地方感知，将其拉扯到由想象织就的自然生

① 华海：《红胸鸟：生态散文诗集》，南方日报出版社，2021，第11页。

② 华海编：《敞开绿色之门生态与诗歌暨华海生态诗歌国际学术研讨会论文集》，太白文艺出版社，2008，第270页。

③ 刘爱利、刘福承、邓志勇、刘敏、姚长宏：《文化地理学视角下的声景研究及相关进展》，《地理科学进展》2014年第11期。

态空间中，对生态环境和自然生灵的崇敬之意油然而生。

除了声音符号与想象空间之间的正相关关系直接赞美崇高的自然，华海生态诗歌还从反题入手，抨击破坏自然的行为，拉响生态危机的警报，同时形成了诗歌正题与反题的背向张力。例如《反嘴鹬》一诗，描述了违反自然规律的入侵者闯犯反嘴鹬领地的悲剧，导致“它们的鸣叫，再也不像笛声一样清脆、悠扬。它们着急地喊叫：回去！回去！”[①]不复笛声般清脆悠扬的鸟鸣反向伸延出了嘶哑、阻涩、沉闷的声音临界感，将我们引向其背后被人为破坏的生态败景，同样能唤起对生存空间的危机意识和批判反思。

“诗歌创作是一种属于精神领域的活动，建构的是一种精神的空间。”[②]华海生态诗歌中呈现的空间形式是复杂多样的，无论是空间带来的生命创作体验、对文化的空间批判或者是对语言空间张力的运用，都是空间呈现的方法与态势。然而空间在此间呈现的效果，不仅仅是视觉艺术维度上的技术美，更是通过阅读生态审美体验而来的意向冲动，是生态智慧的诗意想象。

华海体验生态空间生发的生命意志，巧用语言形式的空间张力，批判反思生存空间逐步失落的文化图景，书写

---

① 华海：《红胸鸟：生态散文诗集》，南方日报出版社，2021，第13页。

② 闫建华：《空间诗学观照下的当代美国生态诗歌研究》，中国社会科学出版社，2017，第5页。

了独具生态智慧的现代诗歌。在这个能让人们诗意地栖居的生态乌托邦中，华海重审了人与自然和谐相处的生态伦理关系，试图救赎迷失在现代浮华中的尘世心灵，为生态文学如何直面步步紧逼的生态危机作出了良好的实践示范。

作者：蒋述卓　暨南大学中文系教授，博士生导师
张琴　暨南大学中文系研究生

绿光一样的诗集

——读《庚子生态诗歌选本》

李见心

以前我是不自觉地写了有关自然的诗，像“我为能记住一朵花的名字而感到幸福，为不能忘记一个人的名字而感到痛苦！”“她能认出一百多种野菜，瞬间她的贫穷变成了富有。”

参加了数次清远诗歌节，我自觉地想成为生态诗人。大家知道，诗歌就是倾听和言语的艺术。倾听外在自然的声音，言说心灵的声音。心灵和自然生态应该始终押着韵。倪声川所著《属灵人》中对心灵的定义就是直觉、良知和交通。交通就是指人和自然之神的交流沟通，也就是说诗人应是属灵人，用的是心灵的直觉和良知。当我们听到外在的生态危机了，就证明我们的内心也病了，它与我们内心的贪婪和暴力有关。只有我们内心的生态健康了，外在的生态才能繁茂。不要再犯亲近了众人、疏远了万物的错误。存在大于存在者。不要只是关心存在者，不关心存在。因为是自然的这个大存在，供养了存在者。

华海曾说过，古典诗人的所谓山水田园诗是日常生活，我们现在的生态诗，担负的却是空前的历史和生命责任，是一种不得不做的觉醒和救赎。

它是心灵的暴动，是灵魂的起义，从清远这方神圣的山水之城打响！其实命名什么就是什么出了问题，就像身体一样，没病的器官你不会发现它的存在，它只在后台工作，它有病了，它才登上前台，成为生命的主角。

生态出问题了，所以才出现像一级响应一样的生态诗歌。尤其是庚子年疫情，疾病的隐喻如此明确，看不见的敌人让我们看清了自己。把人类的野心从伸向星辰大海的目光撤回到生存的这块小小的地盘，时代的加速度一下子像诗歌一样慢下来。是到了调解我们生活方式和节奏的时候了！当距离成了一种拯救，隔离成了我们手执的最亲密的武器，那么诗歌也就成为我们心灵与自然交流后，用直觉分泌、用良知打造的盾牌和旗帜。感谢华海率先吹起了集结号，于是有了这本像绿色的光一样由内向外蔓延的《庚子年生态诗歌选本》。

程教授的序写得精准又广博。除了程教授所提到的诗句，我印象最深的还有李衔夏的《大海来到我的生命里》：“最接近海的时候/海离我最远/我发现海其实不欢迎人类/大海在下逐客令。”我们总以自我为中心，其实自然离开我们能存在，而我们离开自然却活不了。君不见切尔诺贝利和朝鲜韩国三八线无人区是现存生态最好的地方。对于自然，我们是戕害它最大的病毒。

林馥娜的《空间》写道：“人们已割让出蓝天和星斗/接纳了漂浮水上的渣滓/退让没有来日。”是什么让我们割让和接纳？其实是我们的侵略和占有，是我们自己的欲望逼退了我们，就像已知圈越大，未知圈也越大一样，我们占有的越多，得到的却越少。我们不得不接纳并非命运而是自酿的饕餮残局。

华海的《你砍最后一棵树》写道："你，成了你们，把自己伐倒的树木/我，成了我们，从树里发出的声音/我在用影子说话：你最后斫瞎的/除了光，还有自己的眼睛。"这绝非危言耸听，而是危在旦夕。忧患意识直接完成了对现实的控诉和击打。当一个人听不懂植物的心声、动物的心跳，不是平视，而是碾压万物，高级人就会犯低级的错误，最后就会像俄狄浦斯王一样有眼无珠，自毁光明。

我最喜欢《西雅图宣言》中的一句话：动物是我们的兄弟，植物是我们的姐妹。

中国儒释道三教也都倡导尊重和保护自然，也可以说自然才是一切信仰的源头和终极大道。佛教的"一叶一菩提，一沙一世界"和"见花成佛"，道家的"道法自然""天人合一"，孔子的"钓而不纲，弋不射宿"，都充分表达了宗教对自然的膜拜和敬畏。

虽然人做不到鸟瞰，也做不到蛙眼，但可以用人性的高度推己及人，推己及物，尽量做到放长眼量，像山一样有整体的布局和思考。

我们看到星星和草木花石为什么感觉到亲切？那是因为我们是星星的叹息、星星的孩子、星空爆炸的后遗症，是与星星同源、与万物同质的。在生态危机和疫情当前，诗人已经集结发声。

西方有谚，绿光是太阳落山前的最后一瞥，不容易看到。谁能看到绿光，谁就能得到幸福。愿这本春天的响应般的诗集像绿光一样能够穿透封锁之冬，带给我们一个自由幸福的春天。

作者：李见心　中国作家协会会员，一级作家，锦州市作协执行主席

生态诗的新变

——《庚子生态诗歌选本》荐读

马忠

如果我们仅从“庚子”这一特定时间坐标来看，华海主编的《庚子生态诗歌选本》（南方出版社·2021年8月）无疑是一部理念清晰独特的诗歌选本。虽然延续了90年代以来生态诗传播生态思想、抒发生态情怀、揭示生态规律、提倡生态保护、批判生态破坏的书写特征，但也有一些新变。从生态视野来看，诗人们把审美触角伸向了人类之外的大自然。美丽的自然风光、通人性的动植物、人对自然的依赖构筑起生态诗歌欣欣向荣的图景，充满了生命力和宇宙关怀。选编者对具体作品的选择具有鲜明的倾向性，完全可以引导一段时期生态诗歌发展的走向。

众所周知，20世纪90年代诗歌进入“个人化”写作，诗人们逐渐疏离意识形态下的“共同主题”，选择突出个人声音以对“国家化”“集体化”进行反驳。直至21世纪，面对突如其来的非典型性肺炎（SARS）、南方雪灾、汶川地震以及正在发生的新冠肺炎疫情等灾难，诗人们不约而同地回到了现实主义中，不再只关注个人的“小我”，而将目光放在了“大我”上，将“人与万物平等”“命运共同体”作为时代性的一种价值诉求，在挖掘时代苦难的同时努力寻求现实与诗歌的关系。

2020年初，新冠肺炎疫情暴发，世界各国遭受极大的损失和创伤，现在全世界依然处于疫情的恐怖之中。这场大疫情让人不禁联想到14世纪中叶欧洲暴发的黑死病。那场黑死病给欧洲造成了巨大损失，导致数千万人死亡，许多大城市的死亡率超过50%。由于欧洲人口的大量死亡，劳动力的严重缺乏，农田缺人耕种，家畜无人看管，原来分散的游牧业发展成为牧场饲养，农牧业生产结构发生了变化。黑死病还削弱了欧洲文化的稳定性，它使人们对宗教的信仰由狂热转向怀疑，因为他们发现笃信的上帝并没有让他们摆脱厄运。这次巨大的灾难，引发了人类深刻的自我反思。它不仅削弱了中世纪以来神学思想教育在大学的统治地位，促进了科学教育事业的发展，还推动了一批新兴大学的诞生，进而影响文学艺术等各个领域，催生了欧洲文艺复兴。

这次新冠疫情波及面较中世纪的黑死病更广，横跨五大洲，全球目前已有几千万人感染，死亡人数已逾百万人，其后果难以预测。疫情给世界各国的经济带来重创，也给人们的心灵造成巨大伤痛。这次疫情让人们进一步清醒认识到，面对一些不确定的突发事件时，人依然是那样无助与渺小。经过这次疫情，中国的制度优势得以突显。从文学书写来看，新冠疫情使人们的环保意识、公共安全与卫生意识、健康意识等自觉提升。这次疫情对诗人的思想、认知，甚至是对诗歌本身的理解、写法、形式造成了改变，尤其对生态诗写作——经过这次疫情，诗人们不约而同地将对自然生命和人类命运的思考纳入视野，艺术地处理诗性的感觉，诗意地表现内心世界，让诗情与诗思并存，增加了诗的厚度。

《庚子生态诗歌选本》中有不少描写疫情的作品。如果说地震只是少数人的苦痛，那么疫情则是每一个人的无助。请看罗广才《是春风，又和我们相遇》：“口罩还是突围这个春天的/武器。飞来飞去的鸽子/还是让我羡慕的样子/路边的栅栏还是心事重重地/合上了自己。”春天虽已到来，但人却不能像鸽子那样自由地享受美好。张静从一个侧面描写了疫情给人们生活带来的巨大影响：“瑞香静默一个冬天了/金钱草也稀疏不少/窗外的大喇叭依然不厌其烦/张着大口说着洗手、通风、居家的事/马路上依然空荡荡的/连一片叶子都不曾飘过。”（《阳台上的花该开了》）居家隔离过后，我们才知道自由是多么的可贵，吹海风、日光浴是多么的幸福……大自然给予的一切是多么的美好。因此，青年诗人张伟锋《自然之心》中流露的真情格外打动人心：“叫得出名字的，和叫不出名字的/见过的，和没见过的。我亲爱的朋友们/你们真好，指引着我/去向自然，去向永恒。那空旷和寂静/那干净和纯洁，那自由和闲适……原来，就是我一直梦寐以求的，心之所向的——我这是在和你们告别——我并不打算掉头折返。”还有阿剑、谷云、余双燕等诗人，分别从不同角度记录疫情生活，关怀人类生存的自然环境。

来自自然界的病毒让整个人类改变了生活方式，包括长时间佩戴口罩，甚至会影响人类的审美。关怀自然就是关怀人类自己。新冠肺炎疫情，让诗歌创作与诗人本身对世界的认知贴得更加紧密。整体来看，从关注微小生命，到敬畏自然及与自然同样深不可测的时间、宇宙，再到寻求多种和谐的相处之道，直至形成极具个人特色的诗意居所；个体的诗意栖息地在边界内生长，保持着对外部的友好、怀疑与好奇，以自我目光审视外部的同时观察到爱与美，最终成为诗人笔下对生态环境的诗意关怀。这是《庚子生态诗歌选本》较为显著的一个艺术特征。虽然每首诗侧重点不同，写作手法各异，但写作者在自然中寻找生命的意义、思考人与自然的关系，都体现出私人化的意境营造和与自然相通的深层人文关怀，给人一种浓郁的、纯粹的自然之感。生态文学关怀自然生态中的一切。自然写作理所当然最能体现出生态文学的思想特征。面对干枯黑瘦的大树，白鹤林开始重新理解荷尔德林的诗句“人充满劳绩，但还诗意地/栖居在这片大地上。”在诗人看来，“其实在这个艰难的世界，面对这样艰难的时势，大自然何尝不是跟我们人类一样？充满辛酸，却又不管不顾地活在这个让人绝望的春天。”（《致一棵拒绝春天的树》）而胡珺涵则更为豁达：“大胆些，生命之海的尽头/不过是/下一次生命，依旧通向水，阳光和风，通向/在岸边等候的，下一个你/是树，鱼儿或是鸟儿？”（《去自然里》）这些作品并非刻意而为，均源自诗人真实的生命体验和生命感动，源自他们对自然生态和文化生态的诗性浸淫，凝结着对人生的哲思和对恢复人类天真的遐想，体现了诗人对生命本真的理解和思考。在黄金明眼里，“真正的花朵，不是为了争取成为随便一个果实/而是为了打开自己——繁密有序的花瓣/嫣红而娇嫩的花萼——宛若玉石雕琢而成/它不是蝴蝶的仿制品，而是精美的杯盏/在飞翔中碰碎”（《山中》）。还有林茶居《山海经》、李群芳《风雨中，一棵树上的叶子才是一棵树上的叶子》、北琪《留下长白山的月亮》、丹飞《把羊赶入草海》、孙梧《蚂蚁的家》、李继宗《当年》、姜桦《搬运》等诗中，都有一种异质性。这些诗作的文化生态之核皆是诗人对于自然生命和人类命运的思考，或者说是一种“生态意识”的诗性负荷。这些看似琐碎、无解的生命感悟，却正好是生态诗歌中的诗情所在，是生态诗歌中的现实意义。

人必须谦卑地、简朴地生活在地球上，与所有生命为友。生态文学要告诉人们的就是人与自然的天然亲近关系。人要改变自己，很好地融入自然。侯良学跳出生态物质层面的观察和描摹，以荒诞的手法传达出生态末世情结和拯救意识，呈现人类精神和社会异化的恐怖景象：“……这些患着佝偻病的男人和女人/在黄昏灰暗的天空下开始出门/身后拖着巨大的氧气瓶/突然腾空而起在污浊的上空扇动翅膀”（《背着氧气罐的鸟在天空飞翔》），诗人透过背着氧气罐的鸟的意象，对人类生存环境的急剧恶化、大气污染的严重程度和人类的绝望、无奈进行了一种超现实主义的艺术表现。刚杰·索木东则以生命移情寻归存在真理：“打开一页窗，尚能嗅到泥土的清新/关上一扇门，再也回不到红灯照墨的往昔/从生老到病死，没人愿意/仔细测量，人世的长度/从大寒到春分，我们都在/反复练习，逃离屋子的方式。”（《隔离》）尤其值得注意的是，这些诗歌中叙事人称从以往诗歌的“我”变成了“我们”，也就是说诗人在介入灾难时，就开始逐渐关注起“大我”，关注起“人与自然”，每一个诗人都在诗歌中展现他心中的家国情怀和生态关怀——生态关怀不仅旨在精神性地包容、接受大自然，还可引申为诗人的精神返乡，即向往自然，期望回归慢生活。如郑洪利“每个人本来都是大自然这盘棋上的一个棋子/应该将自己摆放在哪里，还是随遇而安？其实，我们的灵魂就是一声鸟鸣/本应该就留守在这鸟巢和青山绿水之间”（《东山公园》），黄礼孩“时间是一门耐心的艺术/教会它与世俗保持距离，与火光保持距离/远离一切急于求成的事物/蜗牛学习着，用生命的黏液控制着欲望/它不妒忌那些看起来高大的幻影/一生都在摆脱速度带来的耀眼光华”（《它在摆脱速度带来的繁华》）。这些诗无不折射出人在处理与自然的关系时所持有的健康合理的意识，这其中包括生态整体观、尊重自然和敬畏生命。

作为国内较早倡导生态诗歌写作的华海，一直坚守高贵的诗魂，密切关注自然与人文，诗人从个人的生命体验出发，把对个体生命的关怀上升到一种对宇宙自然的情怀。他的生态意识指向自然意识与生命意识两个维度，以自然为大背景，以生命为皈依，自觉地敬畏生命、关爱自然。如《你砍最后一棵树》：“你砍最后一棵树的时候/我受伤的肉体在流血/你不知道/我是什么时候藏在一棵树里的/最后一棵树倒下的时候/我也倒下了，鸟飞走了，一窝鸟蛋碎了”，生态视野下，动植物与人一样都是自为的生命体。人类生活在同一个地球村，越来越成为你中有我、我中有你的命运共同体。人，要回到自然中去，回到温暖的生命里去。诗人把植物作为有生命意识、有生命价值、和人类一体的存在来书写，当“树”被“我”所置换时，一个“小我”已被忘掉了。由此向读者展示了一个更为高远的境界，那就是诗人身上体现出对宇宙生命的普遍关怀，深度的人文关怀，让我们从华海的诗中感受到生命的厚重体验给他的是一种智慧、一种境界——参透了万物的依存关系，生命体验上升到了一种共同价值的境界——以谦卑的态度对众生，把同情和仁爱之心普洒世界的每一个角落的生态境界。

有评论家提出，“文学即人学”的观念对于生态文学而言稍显狭隘，只有建筑在生态整体主义基础上的“人学”才是合理的，因为生态、生命终究是人眼中的生态和生命，只是糅合了万物平等的“民主精神”，否则由谁来充当叙述者呢？《庚子生态诗歌选本》中的“叙述者”从人类对自然生命的呵护、都市人对生态精神的呼唤两个方面来表现生态关怀。前者呵护自然的诗句背后蕴藏哲学思考，主要体现在：对于宇宙庞大，生灵渺小的感慨；对于光阴流转，人与物同的感慨。后者站在高度现代化的城市与原生态环境之间的边缘区域思考：一方面，自我受压迫与传统生活模式被压迫之间存在某种特殊纽带；另一方面，自然美给予都市人慰藉。诗歌引导读者达到精神放松的状态，诗人通过塑造和谐、童真、人情味浓郁的生态诗歌世界来唤醒都市人的生活志趣。不仅如此，也有更多反思的精神。比如在李见心《春天的挽留》《春天等你回来》《玉兰花开》等诗歌里，特别强调人与自然一体的生命价值，强调终极关怀，彰显出生命的尊严。

经济的发展和城市化的进程使人类几乎丧失了人与自然的伦理关系，但这是人类认识的起源和故乡。丧失了自然，人类自然也无家可归。疫情促使人类面临一个新的时代，即人类重返自然和重建自然的时代。正是从这个意义上说，《庚子生态诗歌选本》为我们彻底反思人与自然的伦理关系提供了一种视角。我们看到，在这种伦理关系中，也不是简单地回归过去，而是基于一种全新的生命观。人与山川、人与动物、人与植物、人与能看得见的、人与肉眼看不见的、人与一切能感知的存在，都将重新盟誓。

作者：马忠　中国文艺评论家协会会员，《北江》执行主编，《广东文学蓝皮书》撰写专家组成员

一颗穿越古今的灵魂

——华海《清远记》感性批评

田忠辉

《清远记》组诗是生态诗人华海最近写就的作品，一共六首。这组诗如同一场旅行，是一次穿越古今的灵魂之旅，其中包含着与古人对话、与山水对话、与自己对话三个环节，三个对话贯穿想象的梦幻与自我灵魂的叩问场域。整组诗似自然的山之起伏、水之跌宕，又似音乐婉转，有高潮，有低缓，有平静，在与自然、古人的对话中，又有哲理的深思时而隐现，一个寻找自我的君子遗民形象跃然纸上。

《清远记》是一组丰富复杂的组诗，埋伏着山水画意、儒士人生。

本文并不准备做历史研究，也不想按照任何的文学理论、艺术理论满足填空式的作品分析演绎，而是以一个读者的身份，尝试感性的批评。我提出的感性批评就是顺着读者的阅读路线描述眼前所见的批评，类似于旅游者看风景，留下的痕迹不完全是自然的、外在的风景，而是自己的情感、体悟与思想借助外在的风景而展示的内心体验。也可以说，针对“静福山人”的《清远记》，我想展示的是蕴藉在《清远记》文本中的“与古人对话、与山水对话、与自己对话”三种对话之外的我与文本的综合对话，这是第四个对话。但是，与文本中的三个对话不同，这第四个对话是开放的、立体交叉随意的，以及最重要的：它是感性的、心灵的，甚至是情绪化的。有时在对话中，我可能会偏题，但是，谁又能说清楚呢？我们一生所追求的，以为是正题，其实是偏题，而我们以为的偏题，最终却会为我们所接受。我们所接受的是我们最感舒适的，追求这个境界，偏题是不是更值一提呢？这是一种从文本阅读中凝练出来的批评方法，是谓“感性批评”。

回到诗人，华海的网名“静福山人”，这个名字难道还需要那么多语言吗？可是没有语言的罗唣，又如何寻找安静呢？这个名字其实是一个谜题，答案就藏在他所写就的诗歌之中。

第一节：序曲

序曲就是一切，是一。

《清远记》开篇作者就构筑了一个关系：一座“山”和一座“想象的岛”的关系，我们可以称之为“山岛对话”。作者首先给这一对关系确立了主题：“旅途”。作者先是描述了旅途的环境：“初春的潮湿、阴冷/尘土和火焰偃息，雨水的丝线/把时间拉长为白天鹅的脖颈/在水边，山河苍碧，一尾木舟/如一行飘逝的雁字……”这是一幅自然与想象组合的岭南山水画，仔细打量，在文字作为颜料的图画中，几个突兀醒目的字呈现在眼前：“尘土和火焰偃息”“把时间拉长为白天鹅的脖颈”“一尾木舟/如一行飘逝的雁字”，这些与纯粹的山水描画不同。这些字是“心像”的语言呈现，读到这些细节，我们会感受到作者并不是一架照相机，并不只是单纯地映照出自然景物，而是在呈现中发现隐秘的心像。诗人在这里用特殊的心像语言，呈现出一个融于自然的关照者的形象，这当然不是纯粹的自然，而是心情的某些切片的萃取，尤其是“雁”字所蕴含的中国传统意蕴，让文字超越画面，牵拉思绪去向遥远的地方，作为中国古代文化具有特定含义的“大雁”，在此处，将诗歌从眼前景超拔到心中情上。

第一节分为两段，第二段作者开始援理入诗，第一句便是一个追问：“谁与青山恒在，融入万物的/变易？”在雨的气息里“你触摸草木的清寒和呼吸/俯下身子，发现一朵山杜鹃”。在此，人物出现，当然这不是现实中的人物，而是作者内心中的自我，他“从幻境里转过头来，所有细微的/声音汇聚成淙淙泉流”。“细微的声音”的关键不在“淙淙泉流”，而在“细微”二字，这“细微”终被谛听，才是宏大中的锥心刺骨处，那所有隐秘的、刻骨铭心的、并不在皮相、不在宏大的张扬，而在几微的、不经意的末梢、边缘。作者写道：“在小城，在一条北江旁边/你听到自己身体的雨水，由内而外。”这是一句收尾，更是一句暂停，这一句将整个序曲的含蕴凝聚：这里出现了“你”，诗人的自我在诗歌中终于出现，而自己身体里的雨水暗喻着莫测的思绪和深情，它是软性的，像水一样。水的落下和集聚会呈现为两个形象，一个是雨水，一个是河水，这在诗歌里都有，雨水是人之情感的暗喻，而河水——北江，则联通着古今，北江连通着“我”与接下来的千古知音的相遇。

第二节：相遇

第一个相遇的，是苏东坡。“从一条北江开始，向北/与时光的流水反方向/正遇上乘舟南下的苏轼。”从写作技巧的角度说，这是一种时间上的逆行；而在空间上，则是精神的穿越。因此，赞美苏东坡实质是寻找精神上的印记。“静福山人”是有福的，这种福来源于千年之后的境遇。并不是每个人都能在恰当的地点遇到苏东坡，更多的人不过是一个过客，在与苏东坡照面的时候，并没有触动内心的开关，更无从谈起自我精神门扉的打开。而“静福山人”是一个诗人，更是一个追问和寻找的人，所以他发现了某种超越地域、超越仅仅作为一名游客的局限。天赋和时代的某种机缘为“静福山人”打开了天窗，他看到苏东坡“为一首诗朝辞凝碧湾”，这种叙述其实讲的是“等待”，就像是穿越的神秘开关，连接着注定相遇的两个人一样，这个开关也连接着“我”，所以“我为一首诗暮宿清远峡”。“凝碧湾”和“清远峡”，像两枚印章，刻着同样的符码，因为内心的相同，他们终将认出彼此。苏东坡有诗：“天开清远峡，地转凝碧湾。我行无迟速，摄衣步孱颜。山僧本幽独，乞食况未还。云碓水自舂，松门风为关。石泉解娱客，琴筑鸣空山。佳人剑翁孙，游戏暂人间。忽忆啸云侣，赋诗留玉环。林深不可见，雾雨霾髻鬟。”生活在千年之后的我们，要感谢千年前的苏东坡为我们开启了清远的山水世界，在“静福山人”的笔下，接续了这山水世界，并且以其生态诗歌打开了这个山水世界，扩大了这山水世界的境界。这境界是开阔的：“九曲回肠的湟水在此换了名字/急流险滩在此安静下来，看到对岸/飞来寺的僧人静静敲钟、修禅/苏轼他想贬到惠州又如何/荔枝总比长安的新鲜//江水安静下来，便能凝碧/换作李白，把一江的水都当作凝碧液陈酿/而我取一瓢饮，在山河间不胜酒量。”这一段诗节一气呵成，苏东坡、李白、“静福山人”，不用对影成三人，而是用清远的山水映照出他们共同的精神世界：“醉便醉吧，好在江湖已远/东坡你为一块石头停留/米芾向另一块石头叩拜/一块石头比一顶头上的乌纱更重！”这一节诗歌的整体格调是昂扬飞动的，像是写草书，第一节缓缓起笔，到了第二节渐次飞扬，直至高潮，将内心的声音砸出来，砸成一块石头。接下来，音乐逐渐放缓，慢慢的、有力量的、回忆的风景是这样的：“那一夜，还能听到月下猿猴的啼叫/是东坡的叫声，也是我的叫声/我们是大地的喉咙啊，也是一条江的喉咙”，这一句“我们是大地的喉咙啊，也是一条江的喉咙”，在压抑中有着深沉的无奈与悲怆，一切有作为的人，看到古代的知音，看到奔腾的山河，都会发出这样的悲怆，更何况“猿鸣三声”这个意象如此深厚，不仅是悲怆了，悲怆复含凄清，这是怎样一种古今的悲凉。听：“在一首诗中，猿鸣三声，青山更青/我乘舟北江，一路向北”，一路向北，出发即是回归，所谓寻找、所谓一路向北，其实是向心，是去找寻并谛听内心的声音。

这一节诗中，藏着古今多少志士的山河岁月啊！大概只有读懂了历史是一块块石头沉积下来的的人，才能读懂这“山河间的不胜酒量”吧？

第三节：谛听

音乐在高亢处缓缓沉落，游山水的赞美、知音的唱和，缓缓地落在纸上，一种声音仿佛在说：去画一幅山水图吧。“找来找去/忘记草帽盖住的一爿地/看来看去，它像一个张开又闭上的口字/在大山深处，想说什么”，这一段舒缓，柔音缠绵，低低地追问，这块如“口”字的地方在说话，但是听不到声音，这是真正的“此处无声胜有声”，它是一个提示：去吧，找到你自己。

在接下来的段落里，作者透过岁月的烟尘，开始构筑一幅心中的图画、一幅山水大写意。这幅山水画盖着一层面纱，是回忆的面纱。“许多年过去”，是时间上的一种提醒，眼前的事物和心中的事物，差别在于心中的事物包含着念兹在兹、念念不忘，这“许多年过去，我用水墨画它”，“用最浓的泼墨，如泉如瀑”地画它，“如泉如瀑”该是多么浓烈的情感。这幅画“凝固最沉重的岩石”，由视觉而触觉，那是“石头”的重量，压在心头，压得难受不算，还要“更多的用积墨，一层层堆积光阴和烟火，当然，要以线条/勾勒山的骨骼、树的枝干和山里人的脾气/每一笔都不是描，而是写/写出千年不易的笔法和古意”这几句诗的写法参考了草书的狂性和任意，句子偏长，为语意的连贯而不管阅读时的困难，不管不顾上一句诗与下一句诗句子长短的比例，这是心性的书写，心意重于篇章布局，是第二节狂放精神的延续。显然，“描”和“写”是不同的，“描”是无我地照搬，“写”是自我的创造。那么，作者为什么要创造这样一幅大写意的山水呢？所有的具象，说到底都是心像的影子，在这幅山水具象面前，由古至今的诗人们其实有着共同的心像：那穿越古今的君子形象、士人情怀，才是这幅山水大写意的灵魂。

这还不够。诗人继续写道：“仅仅这些，远远不够/还要用笔蘸上火，让歌和舞燃烧/让油岭瑶寨的牛角号嘶鸣/在耍歌堂的长鼓上奔跑、跳跃/要把水也点燃，把山泉溪流点燃/让壮家戏水节铺天盖地的水/和所有的人的脸/在蓝天下瞬间绽放、燃烧。”火一样的诗句、热烈的欢聚场面、地域与人民的狂欢，在这幅画的核心处，作者安置了人，这是极有意思的设置。作者没有将诗歌写成纯粹的山水诗，而是赋予山林与主人。作者同样没有将诗歌写成自哀自怜的仕途无奈，和小文人们的无病呻吟，这正是士人情怀的显现处，也是作者与苏东坡对话的知音相惜处。

诗贵真诚。诗歌的写作技术贵在得当，如同书法中的布局，在这一节诗的末尾，笔调缓缓地落下来。“在山的旁边，我让画笔停下/再听一听松的喧响和鸟的啼叫/让它在山野的色彩中安静/变成丛林里一棵翠绿的树苗”，这段写得精彩，犹如一段激昂的音符过后，如雨后芭蕉叶上慢慢垂落的雨滴，舒缓而唯美，清澈又安逸。

第四节：秘密

与山水对话，与古人对话，说到底都是与自己对话。选择什么样的对话对象，已经决定了你如何选择自己的方向。第四节渐渐进入一个深层次的音乐环节，还是借助与古人的对话，慢慢叙述自己的行迹与心曲，低低倾诉，细数流年，刻痕斑驳，那是什么呢？当你老去，翻阅这些诗篇，可否看到一个游子的心魂。“在连州四年零九个月/与刘禹锡任连州刺史时间相仿”，刘禹锡仿佛在千年前已经等在了那里，他说：“来吧，让我们谈谈。”谈什么呢？“曾经多少次上巾峰山看云/多少次去湟川河听雨/如今已经模糊”，为什么在刘禹锡这面镜子面前说“如今已经模糊”，是风雨吹打的模糊，还是泪眼婆娑的模糊？“人生的刻痕有些越来越淡/有些却越来越深”，“淡”与“深”总是相对的，语言以对举的方式运行，选择在于你此刻的情绪。所以，刘禹锡不仅仅是一面镜子，其实他还是另一个自己。接下来的人称转换像是书法中的换锋，“我”变成了“你”：“刘禹锡在连州一千一百九十年后的/春天，你读到/他九十八篇诗文/恍然有所领悟。”但是，读过了刘禹锡的九十八篇诗文，“你”又会成为“我”，这个“我”已经不是“泪眼婆娑”的“我”，而是士人担当的“我”，他欣欣然地做事，欣欣然地乐道：“许多年后/你还津津乐道在连州/刘禹锡纪念馆、摄影年展/和骑田岭秦汉古道/在那里踩下的几个脚印”，这些是儒家士人的“事功”。但是，一定要进阶，所以，也有“修行”：“当然，你也学习刘禹锡/静坐在一座山的旁边/只见一只白鹤，在晴空下/扑动诗的双翼飞上云霄”，这几句诗，得刘禹锡心曲。如果刘禹锡天国有知，当作何想？昔日刘郎，何等洒脱、何等境界，排云凌霄，真是拿得起、放得下、想得开、做得事，这才是儒生士人之境界，而不是小文人们的自哀自怜、自命不凡。这样的机缘太难得，所幸诗人遇到了、领悟了、写下了：“于是，你写下/一本《静福山》诗稿/还带走一个网名静福山人”，有意思的是，诗人笔锋又一次转了一下，他写道：“静福山人只是一个符号/你离静福山越来越远”，这当然是“以虚写实”，但实质是“以实写虚”，在现实层面，作者离开了这有福的相遇之地，但是在心魂深处，却是皈依了自我寻找的安静之所，所以，才有了如下近乎禅意的诗句：“许多年后，你还想起/山中的一只鹧鸪鸟，在那棵/伤痕斑驳的古树下/第一次叫你名字”，鹧鸪唤春归，唤的更是自我的回归，找寻自我从来都不容易，何况经历过千年的累累伤痕，“第一次”三个字弥足珍贵，有这一次，其实已经足够了。

第五节：石头

经历过疯狂和寻找，低回婉转，真正的密码在第五节出现，“静福山人”是如何炼成的？在接下来的感性阅读中，我要结合技术性分析，来谈谈这个问题。在接下来的诗节里，我们首先看到的是山水奇观的形成过程，但是，其实质则是暗喻了“静福山人”的养成经历。与山水同构，借助山水自然譬类精神是中国古代思维的根本特征，这一思维方式普遍存在于中国的书法、音乐等各种艺术门类之中。作为一个书法家，“静福山人”的诗歌写作方法，颇类似于书法之道，而在“静福山人”的炼成轨迹中，我们自然看到的是自然山水的形成过程，看吧：“最高峰是石坑崆/最低处呢？也许在地下溶洞/滴水成石，千百万年的时间/凝聚，让你读史前天书/海底变山崖，贝壳长进岩石/身体里囚禁的想象，被千姿百态的/钟乳石打开、释放。”在这种譬类的写作方式中，暗藏着比对式的结构，在这一小节诗句中，有“最高与最低”“海底与山崖”“囚禁与释放”三组比对式的表达方法，这些表达极尽了历练之难。除了比对式方式，在诗歌写作的笔法上，作者还用了兴象的方法，包括“滴水成石的凝聚”为“千百万年的时间”兴象、“海底变山崖”为“史前天书”兴象、“贝壳长进岩石”为“身体里囚禁的想象”兴象，而最后的灿烂则用了一个包含回环的现代比喻手法：“囚禁的想象被千姿百态的钟乳石打开、释放。”在这一小节中，显示出了诗人技术性的力量，而所有这些写法并不是目的，而是实实在在的情感抒发，在接下来的诗节中，诗人渐次地将诗歌由比喻拉回到现实。

技术在现代诗歌写作中，实质上是一个难题，尤其是古今接续的技术探索，上面的分析会为这种接续提出一点有价值的思考和启迪。作为感性批评，我尤其重视的还是对话，即我与文本的对话。在接下来的诗节中，作者的写法简单、纯粹、厚重，苏东坡和米芾两位老朋友再次出现，然而这次出现和之前不同，这次是作者、东坡和米芾三个人同时在场的出现，石头、石兄和钟乳石，都是厚重、凝练而精粹的事物，它们所共同隐喻的意象充满阳刚气息和历史感。接下来的三节诗，可以理解成三块石头，它们平行排列，一块是苏东坡，郁积着宋朝的万里山河；一块是米芾，用笔墨垒起险峻凌厉的命运山峰；第三块是“静福山人”，“一个移居岭南的人/一个被清远的石头/改写的扬州人/一个灵魂出窍的人”，这块石头“用后半生在一座静福山中栖居/此心已安/能够静静地听清风由远及近”，这就是“静福山人”的密码，这个密码显示出“静福山人”和刘禹锡、苏东坡、米芾有着同样的“石头”一样的品格。

第六节：明白

第六节是最后一节，相当于一曲音乐的尾声，也类似于一幅书法作品行将结束的部分，显示出整体风格的沉稳、舒缓、柔和，就像是大河入海，宽阔无限。如同一场游历，作者经过了急流险滩、高峰波谷，在最后的时刻，不免缠绵悱恻，思绪绵长。“夜半醒来听雨，牵不断的/雨丝比思绪长一些/不知一千多年前某个雨夜/韩愈在龙宫滩与谁说了一宵话/一半是思乡另一半是何事”，这种写法，有古代怀古诗的韵味，场景的设置、人物的选取、思想主题的恒久无限，都很好地展现了全诗章节布局的完整、稳定，这种平稳老到的写法，引导读者的情绪慢慢平缓，是音乐的终章，醇厚绵长。

然而，现实也不能忘。作者以一个时间节点的词语，将诗歌拉回到当下："今年初春也一直在下雨/浩浩复汤汤的湟水越来越宽阔/闪电与浮霜，在波峰浪谷间/掠过，那一双忧郁的眼睛/隐约浮现在对岸的诗碑。"虽是拉回当下，但是也不忘记留下回锋之笔："那一双忧郁的眼睛/隐约浮现在对岸的诗碑。"深情难忘，终究是赤子情怀，而这情怀，注定要沁入心脾："那一夜，你又添几根白发/浪潮穿过羊跳峡涌向滩头/越行越远的中州，越远越想的/昌黎，躁热潮湿的水汽，升腾的/云雾，长安在望不见的尽头。"这里是在反复写韩愈，这时我们会发觉，整首诗虽然反复循环，但历史的印痕却是倒退着迎面冲击的。韩愈是谁？大家都知道。但是，"文以载道"却不是人们都能说清楚的。有唐一代，三教混淆，儒释道纷争，韩愈捍卫儒道，独木支撑，提出"文以载道"，实在是要将儒家道统复兴于当时当世，然而世路艰难，非退之先生可以力抗的。但是，退之不退，仍然以儒家士人担当精神而砥砺为之，主张"载道"之学，复兴儒家道统，昌黎之名何其大哉！

诗人在这首以山水写形的亦诗亦画的交响曲中，终于喊出了"大道安在？人心安在？"的呼声，从而也使得这首诗歌超越了一般的写景抒情的范畴，而有了厚重的人文情怀、士人精神。而"扁舟太小，便凭天地乾坤为庐/听风听雨听春潮，无非琅琅书声/打从今日始，天涯也是故里/故人，可托低飞的燕子传递诗句？"

结尾

接下来的诗句，趋于阔达、趋于平缓，历史、忧思，天地、自我，都仿佛随着江面的辽阔而与山水融合为一，“鲁侯燕喜，王参军莞尔一笑/你们抬头，看见自然呈现的大德/山与水默然，仁者与智者/把酒临风，一亭翼然若醉/也罢，从阳山去潮州，江上鸢飞鱼跃”，这种风格、画面，乃至表达，如同浓墨缓书，已不需要语言形容。这一小结又可以看作是整首旋律的再次复调，浑厚苍莽，且明晰流畅。

余韵袅袅，终有尽时，雨滴潺潺，看遍了自然和历史，酬答了高峰波谷，险滩无惧，人生不可自侮，山水清远，世事继续努力。诗歌写出峰回路转不难，难能可贵的是，回归平实、平常和平静：“这个己亥春月一直在下雨/我也不断想象在龙宫滩/听雨的小舟由浅入深，迂回曲折/在怪石漩涡间打探韩县令的虚实/出连江口，更是岭南，离海潮越来越近”。这个结尾是一个特别有意思的结尾，有意思不是说它有多么深刻、多么振聋发聩，恰恰相反，这是一个像极了“开端”的结尾。而作为诗歌表达，这个结尾的语调、色彩、景象，都是平常、舒缓的，仿佛在说：所有的一切都过去了，让我们重新回到开头吧。

从《清远记》这六首诗中，我们可以看到一个穿越古今的灵魂，在做一场跨越历史的旅行，在与古人对话、与山水对话、与自己对话中抵达梦幻与理想，在与自我灵魂的对话中，一个寻找自我的君子士人形象跃然纸上。阅读《清远记》组诗的感受，似体察自然的山之起伏、水之跌宕，又似聆听婉转的交响曲，有高潮、有低缓、有激越、有平静，在与自然、古人的对话中，又有哲理的深思时隐时现，这是一组丰富复杂的组诗，埋伏着古中国的山水画意、儒士人生。

后记

怎样的评论是对得起诗歌的评论？

当我厌倦了所谓规范的学术论文时，我首先觉得这样做，可以对得起自己，然后我假意却是真情地说：感性批评。这在学院派看来，简直就是野狐禅。之前，在我给一家期刊投稿时，编辑与我的往复意见说：查重，你的查重率是0。这个回答让我既高兴，又扫兴。高兴的是终于有编辑不纠结于学术体的无聊，扫兴的是：这个事情值得高兴，是多么无聊的事情啊。

写作本文时，与山人兄谋面不过一个月，读他的诗也不过几十首，所以，我无法做诗史性的研究，只是做文本细读。并且，面对一首以地名命名的诗歌，从我有限的清远地域知识出发，谈我对文字的感受，也颇为局促。尽管如此，我还是勉力为之，尽量少做一些考证式的解读，我觉得在一首诗歌中做“水经注”，是对诗人的不尊重。诗歌从来不是现实，也不是历史。诗歌只是这个人，幸运的是我发现了山人兄诗歌与书法之间的默契，这令我欣喜地找到了一个有趣的角度，来读他的诗歌，发现了诗歌中的起承转合、笔意周折、谋篇布局，都暗合了书法之道，若有对书学功力深厚者，我建议你可以细细体察，说不准会发现一种关于诗歌批评的方法。

这篇文字拉拉杂杂写了八千字，一首诗歌的能力大不大，不在于字数的多少，而在于发现一种激发它的方式，这是我在写作这篇文字时，除了感性批评的说法之外，除了诗歌与书法的相通之道之外，又一个引以为豪的发现。

作者：田忠辉　广东财经大学创意文化与写作研究中心主任、教授，广东省文学理论研究会副会长

《裂开的星球》与《红胸鸟》生态文学创作的方法论意义

吴清鉴

吉狄马加的新作长诗《裂开的星球——献给全人类和所有的生命》（以下简称《裂开的星球》）是一首政治抒情诗，但里边有很大篇幅属于生态诗范畴。在这首诗里，诗人表达了“献给全人类和所有的生命”这个审美理想（里边有较大篇幅，表达的是生态审美理想），诗境宏大壮阔，诗意振聋发聩，具有强烈的感染力和震撼力。

《红胸鸟》，是华海最近创作的生态散文诗的一个集子。据有关学者说，它将是国内第一部自觉写作的生态散文诗集。诗人想通过回归自然，观察、体验自然界的鸟类、植物以及山林、河流，探索人与自然的关系，追问反生态的行为，从而建构人与自然和谐共生的诗意栖居。更加难能可贵的是，华海几十年如一日，在生态文学创作领域笔耕不辍，为人类生态“鼓与呼”。有学者称其为中国生态诗第一人。

我们认为，吉狄马加《裂开的星球》与华海的《红胸鸟》对于生态文学创作，至少有以下几方面的方法论意义。

一、要关注当下，坚持生存状态下的自觉性

近年来，酸雨蔓延，疫情叠加，暴雨、干旱、泥石流、沙尘暴、地震等自然灾害频繁发生，物种灭绝、厄尔尼诺现象加剧，越来越恶化的自然环境威胁着人类的生存和发展，也越来越逼着人类关注生态、维护生态、修复生态。生态实践越来越紧迫，生态文学的创作则明显滞后。在这方面，吉狄马加与华海等名家表现出了高度的自觉。他们一是坚持书写的自觉，一是坚持呐喊的自觉。2020年以来，谁都经历过新冠疫情，但是面对全球的天灾人祸，写出有份量生态文学作品的，廖若晨星。吉狄马加以528行的长诗，华海以近4万字的散文诗集，集中表现了人类生存危机这一重大时代主题。吉狄马加长诗一经发表，即引起社会的强烈反响；华海《红胸鸟》第一版发行就售罄，出版社近期又再版发行。

生态问题已是重大的政治、社会问题，理所当然地也是文学创作的重大主题。而且，生态实践，人人尽在其中，这方面的创作，应当繁荣起来。广东清远，作为一个地级市，其生态文学创作已经连接世界。他们有生态清远征文比赛、生态诗歌节、国际生态诗歌笔会等创作平台，出现了以华海为领头羊的生态文学创作群体，成了生态文学创作园地里的“清远现象”。而我们，在生态文学创作方面，还缺乏一定的倡导和鼓励。生态文学作品即使发表，也淹没在其他文学作品之中，一定程度上弱化了人们对生态文学的关注。是否可以创建全国生态文学网，开

展省级以上的生态文学征文活动，创办国家级生态文学杂志，举办国家级生态文学创作研讨会……从而吸引越来越多的文学工作者和文学爱好者参与其中，使生态文学创作的质量和数量与我们的生态实践相匹配，进而影响、警醒、鼓舞、召唤、团结广大人民群众产生生态自觉，并能积极投身生态实践，让生态文学发挥其应有的作用。

愿吉狄马加的自觉、华海的自觉，成为全体文学工作者和文学爱好者的自觉，让祖国大地上，生态文学创作的春风，吹起来。

我们党历来重视文艺，将文艺喻为“轻骑兵”。在中国革命和建设过程中，文艺紧跟政治主题、斗争主题、社会主题、时代主题……一直发挥着无可替代的作用。生态问题，已经成为关乎人类生死存亡的大问题，不管你承认不承认，重视不重视，行动不行动，它就在那里，实实在在地存在着，而且，一旦引爆，将会比原子弹和氢弹的破坏力更大。因此，怎么重视都不过分。如何让文艺在生态实践中成为“轻骑兵”，把生态文学创作与传播，突出地并持之以恒地抓下去，实在是一件天大的事。

“美丽中国”将给世界提供生态样板，提高全中国人民的自觉性，调动一切可以调动的力量投身其中，文艺不可缺席。时代和历史，期待着。

文学的自觉，前头，必定是人类的自觉。

二、要关注世界，坚持系统框架下的全球性

生态问题，不是一地、一国，或南半球或北半球的问

题，它以天地为一个系统，与全人类息息相关。

回顾我们的生态文学创作，绝大多数的背景都局限在一地或者一域。因此，传递的生态危机感较弱。

吉狄马加长诗中关于生态部分的表达，则是在俯瞰中写地球与人类：

它跨过有主权的领空/因为谁也无法阻挡/自由的气流

从非洲对野生动物的疯狂猎杀/已让濒临灭绝的种类不断增加

从地球第三极的可可西里无人区/雪豹自由守望的家园也越来越小

从刚果到马来西亚森林对野生动物的猎杀/无论离得多远/都能听见敲碎颅脑的声响

——何等触目惊心？这是人类自己在撕裂地球。

华海直面新冠，他在《红胸鸟》中以日记的方式写道：

2020年3月21日

在178个国家和地区25 085例确诊、10 389例死亡面前，我的诗歌失语。

只听到一个人被风吹落的呼吸，那么急促而短暂。可能是任何一个人，可能是你，或者是我，甚至来不及留下遗嘱。回头那一眼，就是生死相别。

2020年3月27日

数次醒来，下意识地翻看手机：国外疫情更新至2020年3月27日00：42，现有确诊346 466，累计确诊408 650，累计治愈4 332人，累计死亡18 864人……

雨声，在黎明时停下。

坐在寂静中，只听到一点细微的响动，是雨滴或者落花？

他甚至有点大声疾呼了：

虚拟的边界线挡不住。病毒没有国籍、种族和信仰，也没有性别。

它戴着花的王冠，是那荒唐的自由。

人啊，为什么还不放下宿怨？

多少城池，已被最小的敌人攻破。

《裂开的星球》是真正广角镜头下的全球视野；《红胸鸟》是国内生态立于世界背景下的创作，虽少广角镜头，但由于突出了对比度，所以并没有减弱整体性。这两个创作，给我们以警示的力量。

在新世纪开始之际，全球环境就已到危险的十字路口。目前，全球生态系统正向危险的临界接近。环境作为地球的生命支持系统，被公认是一个不可分割的整体，没有东方和西方、南方和北方之分。生态环境把全世界各国紧密地联系在一起，环境污染更无地理边界之说。

全球人类安全的新概念、新要求，迫使世界各国建立一种积极、务实的相互联系的新框架。生态文学，必须关注这些问题。

生态问题，归根结底是人的意识问题。正确的意识要弘扬，错误的意识要针砭。说到影响人的意识，文学艺术可谓英雄大有用武之地。

综上，吉狄马加和华海的生态文学高屋建瓴，让我们得以窥一斑而见全豹。传递的生态危机感，撼人心魄。

生态文学创作的全球视野，向文学工作者和文学爱好者提出的要求是很高的。它提醒我们，不但要时刻关注身边的生态问题，还要时刻关注世界各国的生态问题。要善于搜集素材，善于分析，善于提炼，善于透过现象看本质，找到最能引人注目、最能救治人性、最能打动人心的角度构思，写出无愧于心、无愧于时代的好作品。

诚然，关注生态文学的全球性，要求我们要摒弃意识形态和政治立场，客观公正地书写。无论是搜集素材、分析问题、构思创作，都不得随意夸大一国的问题，或者任意隐匿一国的成绩，更不得向别国“甩锅”。说到底，创作全球视野的生态文学，公平正义是第一位的。否则，就遑论文学作品的感染力和教化作用。

还有一点需要提及，就是：关注世界，并不是要排斥本土创作。任何人的文学创作，都不可能离开本土和自己熟悉的领域与题材，只是有的创作可以限一地、限一事、限一背景，而生态创作不行，因为生态是一个牵一发而动全身的巨大系统。不是说亚马孙热带雨林中一只蝴蝶扇了一下翅膀，几个星期后，就会引起美国得克萨斯州一场风暴吗？就是这个道理。因此，写生态，即使写一草原、一森林、一河流，都不能孤立地、静止地去写，而应当或隐或显地写出与整体的联系。把生态放到全球视野里去写，这样，寓意才会深，你的创作才更有意义，也才能发挥生态文学更大的作用。

文学的举世，前头，必定是人类的举世。

三、要关注持续，坚持发展理念下的批判性

文学从来不应当是粉饰太平的。世界有那么多的灾难和过错，如果文学失明了，整个世界将是一片黑暗。

好在，吉狄马加是清醒的。他在《裂开的星球》中写道：

> 天空一旦没有了标高，精神和价值注定就会从高处滑落。旁边是受伤的鹰。
>
> 我在20年前就看见过一只鸟，从城市耸立的黑色烟囱上坠地而亡，这是应该原谅那只鸟还是原谅我们呢？天空的沉默回答了一切。
>
> 在这里为了保护南极的冰川不被更快地融化，海豚以集体自杀的方式表达抗议，拒绝了人类对冰川的访问。
>
> 如果要发出一份战争宣战书，哦！正在战斗的人们，我们将签署上这个共同的名字——全人类！

华海也是清醒的。他在《红胸鸟》中写道：

蚂蚁和野草交头接耳："天是什么？"蜜蜂猜道："大约是上面那些空空的洞。"

风愕然抬头，第一次发现，天空被树的枝枝杈杈分割成了无数奇怪的几何图案。

西伯利亚冷空气被挡在冬天的门外，我们无法回到一个季节，就像荒原上的孩子迷失了回家的路。

气温，一遍遍把冬天涂改成春天，阳光却无法穿越雾霾。我们被封闭在一间温暖的房子里，听到温水煮青蛙的预言，却又茫然无措。

欲望张开一对巨蟹的双钳，夹住一颗蓝色星球。绿树、鲜花、昆虫、飞鸟、野兽……没有一种自然界的生物能够满足它巨大的胃，经过咀嚼、反刍、吸收，然后排泄出一堆堆钢铁的森林和控制人类自己的智能机器人。

智能机器人发出指令：用左手砍下右手，吃身体的肉充饥，喝血管的血止渴！

在诗意的前提下，吉狄马加的批判犀利、明晰一些，华海的批判平和、含蓄一些。吉狄马加的批判，直逼人性，让诗仿佛揪着人类的耳朵在质问。华海的批判，是把人引入一个特设的情境，启发人自我认知，自我反省。

我们说，对批判性所持的不同态度和包容性的大小，几乎可以决定一个人或者一个民族社会的发展趋势。由此，我们可以断言：没有批判精神的人类，与木偶无异；没有批判精神的社会，是羊群的聚居地；没有批判精神的民族，注定要落后挨打；没有批判精神的人，不是完整意义上的人。

生态的现实，呼唤批判精神。

文学的批判，前头，必定是人类的批判。

四、要关注实践，坚持现实视野下的反思性

自觉性、世界性、批判性，不是目的。反思才是目的。吉狄马加带着我们一起反思——

> 人类为了所谓生存的每一次进军都给自己的明天埋下了致命的隐患。
>
> 其实每一次灾难都告诉过我们任何物种的存在都应充满敬畏。
>
> 以最弱小的生物的侵扰和破坏都会付出难以想象的沉重代价。
>
> 善待自然吧，善待与我们不同的生命，请记住！善待它们就是善待我们自己，要么万劫不复。

吉狄马加的反思，谁能不被震撼？因为，这一切，一切的一切，都在我们的视觉里、听觉里，有些甚至就在我们的手上。

华海也带着我们一起反思——

这个时候，是该听听风的声音，树的声音，和山中泉流的声音。这些，其实就是远去的本源和良知，与我们心中留存的温暖相似。

在陡峭的悬崖边，当一阵风掠过的时候，你更紧地抓住身边的一根青藤。

怎么错到这一步的？还能回到原来的路上吗？

小小病毒摇撼地球，没有人是局外人。

是的！生态被破坏了，受影响的，受祸害的，甚至遭受毁灭的，是整个人类，没有人是局外人。

一个缺乏反思的社会群体是可悲的。一个丧失反思能力的民族必有大灾大难。同样，一个丧失反思能力的世界，前头，也一定有全人类的大灾大难。——在生态面前，一切政治制度，再强大的军事力量，再强大的经济实力，任何财团，任何个人，都不堪一击。

我们前进的真正动力，只能来自反思。

生态文学，一定要有反思的能力。因为，我们的生态，实际已经危机重重。

文学是人学。吉狄马加、华海们，通过先于社会的认知，影响和带动全社会的认知。愿生态文学领域里反思的好作品越来越多，层出不穷。

诗人是一个时代的童真。诗人的反思，有可能浅陋，但绝对深切；有可能偏激，但绝对忠诚；有可能片面，但绝对求真。诗人的反思，不是多了，而是少了。时代给诗人有多少宽容，就有多少进步。

我们说，反思才能换来觉醒。反思才能换来解决方案。反思力是真正的行动力。

文学的反思，前头，必定是人类的反思。

作者：吴清鉴　江苏诗人

他有余力再造一座岛屿

——读华海的《蓝之岛》

杨汤琛

技术化、消费化的时代语域下，被迫迁移于话语边缘地带的诗人们仓皇落寞，似乎更乐意从弥散的现实碎片中寻求诗意，一种泛日常主义的写作成为潮流。然而，这类泥沙俱下、富于异质包容性的诗歌并不令人满意，它促狭、坚硬，总沾满不堪的现实泥泞。因而，在这类写实的、个人主义的书写之外，一种超越的、带有总体性的诗作仍值得期待。当读到华海的《蓝之岛》，我们会发现，这正是有着明晰的精神方向的总体性诗作，诗人依仗理性而宏大的生态诗学理论，凭一己之力再造了一隅人与自然相交相融、具有启示性的诗意世界。

《蓝之岛》以谣曲的风味、颂的虔诚吟咏了各种各样的小岛，凤凰岛、蟠龙岛、沙之岛、桃花岛、江心岛等不一而足。这些岛有着新鲜的阳光、疯长的草木、聆听的蘑菇、敞开的人，人与物和谐存在，构成了一个完整而自足的乌托邦世界。形态各异的岛屿俨然是让诗人目迷五色的梦幻之岛，是承接了诗人梦想与渴望的虚构之岛。“岛很小，小得跟心脏一样”，它亦是诗人的心之岛，是他阐释其生态思想、张扬理想主义精神、再造生态乌托邦的诗意支点。

岛屿之上，人与物之间构成了交相呼应、相互置换的关系，自然风物不再是单向度的被观之物，而成为诗人倾听与进入的对应者。众所周知，在人类中心主义认识论机制下，主体与自然客体是分裂而对立的，风景呈现为主体理性概念的切割体，而华海以学习与倾听的方式扭转了这一习惯的暴力机制，以沉入万物的姿势感受自然之道，“你可以向铁树学点耐心，向松树/请教坚韧，还要向水杉看齐/在一个植物、动物组成的家族里/学会谦卑善良，能够倾听/鸟类和风的声音，说出大山/和地上小蚂蚁们想说的话。”（《想象一棵树》）万物不再是被观看、算计的对象，而成为人的内在需求，人成为一个有限的存在者，他匮乏而虚弱，需要从万物那里寻求秩序与意义，而只有俯身向下，人才能获得倾听的能力，在与万物的平等关系中得到自然的馈赠。

可见，华海的诗是对人类中心主义的有效剥离。18世纪以来，从神权笼罩下脱身而出的近代人不仅确立了以人为本的法则，而且从蓬勃的工业文明中发现了人的力量，康德甚至提出了“为自然立法”的哲学主张。人类陶醉于“人为万物的尺度”的幻觉之中，随着信息化、高科技时代的到来，技术崇拜进一步加速了人与自然的分离。面临这一困境，海德格尔期待人类克服工业技术的藩篱，拾起倾听的使命，“我们所思的是这样一种可能性：眼下刚刚发端的世界文明终有一天会克服那种作为人类之世界栖留的唯一尺度的‘技术—科学—工业’之特性。尽管这不会出于自身和通过自身而发生，但却会借助于人对一种使命的期备——不论人们倾听与否，这种使命总是在人的尚未裁定的天命中说话了。”[①]只有在俯身的倾听中，人才能逃离悬置于上方的现代文明的辖制，感受到人作为自然个体的本真性存在，从这个层面而言，华海的诗可谓海德格尔哲学思想的浪漫笺注。

“人”在华海的诗中主动降低了身姿，俯身学习，获取了自然的秘密，而且“人”还成为物的一部分，成为光线、流水或者心灵的讯息，化身为一名现代通灵者。“那火的流动便是水的燃烧/能量转换意味着生死轮回/一切从泥土开始/从阳光空气水/我进入根部/和绿叶的嘴巴最初的/也是最干净的美味/带着菌类/蕨类藤类植物的清鲜/进入岩羊野马们的肉体和血液。”诗中的“我”化为能量的一部分，消融淹没于变动不息的自然流转之中，“我”即万物，万物即“我”，最终“我”与万物融为一体。“我被吃就是回到一棵草和一只野兽/以及整个赖以栖居的自然/回到自然就是重新飞回玄幻往复的/生死与网/也就回到了道和一/回到了原初。”（《蟠龙岛》）诗句中不仅闪烁着泛神论的影子，更是天人合一观的具体呈现，万物有灵，人、物之间建立起了相互融入的终极性关系。

从地理学层面而言，“岛”远离绵延不绝、烟火繁盛的陆地，在水一方，唯美轻灵，并以隔绝的方式独立一

① [德]马丁·海德格尔：《面向思的事情》，商务印书馆，1996。

隅，与现实形成了疏离与对抗关系。岛屿由此成为承载华海生态诗学理想的完美象征体，它们是诗人纸上建构的精神乌托邦，以倒影的方式对现代工业文明构成了离心力量，成为一个具有启示意义的寓言性存在。

作者：杨汤琛　广东外语外贸大学教授，广东现代作家研究会理事

溯洄者的姿态与想象

——谈华海《蓝之岛》中的生态美学意识

张雪萌

伴随着科技与工业的跃进，环境污染、物种衰减、核威胁等现代化弊端，逐渐暴露于人们的视野。人类的存在状态、审美状态，正面临着前所未有的考验。无论是现实的维度，还是文本的内部世界，凡处于消逝的事物，总会引得我们的频频反顾：粼粼波暖、澹澹碧漪，已成为远古的幽梦；失落的和谐，破碎的自然，又该从何处找寻？

诞生于后现代语境下的生态美学理论，为我们提供了一种崭新的批评视角。它关注人类当下的非美的存在状态，以建立起符合生态规律的审美存在为旨归。在学者杰·帕理尼看来，生态批评“是一种向行为主义和社会责任回归的标志。它象征着那种对于理论的、更加唯我主义倾向的放弃。从某种文学的观点来看，它标志着与写实主义重新修好，与‘掩藏在符号海洋之中的岩石、树木和江河及其真实宇宙的重新修好’”。

在《蓝之岛》里，我们不难观察到一种“鲑鱼式”的溯洄姿态。在《虚构之岛》的组诗中，“去一个岛上”是诗人内心发出的呼告。无须去考证蟠龙岛、江心岛、桃花岛所指为何，是现实中的真实存在，还是文本中的虚构之境——全诗的立足之点，侧重于一种即刻出发、启程的全新姿态。榕树、蟋蟀、喜鹊、紫荆……自然生态的种种意象、元素，沿着诗人强大的造境之工生成、铺展，点缀于生机盎然的土地。诗歌以它强有力的诱惑和招引，带领我们从现实出走，要求我们抛弃城市的积习、工业的惯性，逆流而上，溯洄至如同海洋心脏般的岛屿。诗歌，作为文本，为“久在樊笼里，复得返自然”的美学实践，输送着源源不断的想象的动力。

生态美学理论倾向于“与写实主义的重新修好”，呼吁“向社会责任的回归”。现代主义中，自然作为扭曲的力场，被污名、鞭挞、批判，充斥着暴力与罪恶的阐释。生态美学批评的原则下，诗人不再聚焦于混沌破碎的现代景象，进而选取了现实主义的歌颂自然的态度，直陈自己更为坦率、鲜明的立场。“岛上幽香环绕，晚秋的迟桂花开了”（《琴岛》）、“极光的出现，让世界后退/退回虚幻和美的原点”（《极光岛》）、“我甚至情愿只在一个名字里/想象一片湖、一枝黄花/想象湖水的波澜伤痕一样愈合”（《黄花湖》），当反讽和批判的口吻从诗中隐去，更为直白、动人的，是诗人面对自然时，赤子一般发出的惊奇与赞颂。正如扎加耶夫斯基所说，“如今没有太多敌人值得诗人做出反叛”，那萦绕在诗的节奏中，不断向前行进的，正是从复杂中抽身而出的赞美。

在《蓝之岛》一书中，随处可见的，还有中国传统诗境中美学与智慧的闪光。无论是道家思想中的“无为”“虚静”思想，还是古代文论中的“夫书肇于自然”“万境澄以净”“天人合一”理论，都在《蓝之岛》中得到了新的阐发与再书写。澳大利亚环境哲学家理查德·西尔万和大卫·贝内特认为，道家思想是一种生态学的取向，其中蕴涵着深层的生态意识，为“顺应自然”的生活方式提供了实践基础。在华海笔下，“你砍最后一棵树的时候/我受伤的肉体在流血”（《你砍最后一棵树》），讲述的是人类与自然同存共生的细微感受；“每一滴雨，原来都是眼睛，是耳朵/是嘴唇，是绿叶手掌上滚动的心跳”（《每一场雨都不是简单的重复》），诗人的感官介入到外物的实体，获得了和自然的共同律动；《回山》一诗中，“我两手空空回山，在杜鹃花无声的绽放中——听到杜鹃鸟的啼鸣”，物与我相偕两忘，杜鹃花与杜鹃啼和洽无间，接续了中国传统诗歌语境的文脉，也是古老智慧在后现代生存境况下的新一步生成。

“创造出生活的某种清新与生动感是诗歌可靠的目的。”史蒂文斯的观点，在《蓝之岛》一书中得到了最鲜活的佐证。诗人关切的眼光，越过了重重的水泥丛林与工业废址，他将在待重建与整饬的心灵之岛上，迎接时代与读者的到来。

作者：张雪萌　2000年生，河北石家庄人，本科毕业于暨南大学，现就读于剑桥大学教育学硕士专业。作品见于《人民文学》《诗刊》《星星》《青年文学》等刊物，曾获得2021年东荡子诗歌奖·高校奖

理性的定位与诗性的生发

——白楼的诗集《自然之岛》序

华海

青年诗人白楼是我的同事，早就知道他热爱诗歌，一直潜心于诗歌写作。最近，他跟我说："即将出版第一本诗集《自然之岛》，想请您写个序。"我爽快地答应了他。我为他第一本诗集即将问世感到高兴，也很乐意借此机会与他做一次关于生态诗歌写作的笔谈交流。

我能够体会到白楼在出版第一本诗集前的心情。回想起来，年轻时候我在出第一本诗集时也是既欣喜又带有些忐忑，与自己的孩子将要诞生时的心理颇为相似。第一本诗集对于一个诗歌写作者很重要，它是对自己诗歌写作成果的回顾和展示，也将会对今后的创作产生长远的影响。通读这本书稿之后，我的总体印象是：作者已经初步找到一个自己写作的方向和定位——生态写作，作者已经具备一定的诗歌写作能力和基础，并创作出了一批具有深刻思考和成熟艺术技巧的作品，确实值得肯定。特别是他积极主动参与到"清远生态诗群"的大合唱，为清远生态诗歌的创新和品牌的打造作出贡献，更有其独特的价值和意义。作为清远生态诗歌的倡导者，我深为感动，并为清远生态诗歌创作队伍不断有新人加入而倍感欣喜。

这本诗集就像书名清晰提示的那样，聚焦于一座“自然之岛”。它与我们清远北江上的江心岛相关联，我想它又不止于江心岛，作者由具体的地理生态、自然生命触发诗兴，立意还是在建构一个诗人的“精神之岛”，也就是人与自然共在的“诗意栖居”。从这个角度看，作者已经具备现代生态观念并从这一视角展开自己的诗歌语言探索，这是一种“生态自觉”的写作，这也就决定了写作的明确定位和方向。诗集内容分为四辑，分别是：第一辑“我见过大海”；第二辑“我有一个岛”；第三辑“一只蚂蚁背负整个冬天”；第四辑“微笑的动力”。前三辑主要以大海、岛、各种动物为题材，表现对自然的观察、体验以及沉思。第四辑的关注点是社会生活和人生体验，呈现了一种生命状态和精神生态。由此可见，从主旨立意，到选择的题材和表达的方式，都体现了诗人生态写作的“理性自觉”。而这种“理性自觉”并不是凭空冥想的，它来自诗人对现代生态观念和生态诗学的潜心学习研读，更源于对当今生态问题严峻性的感受和认识。正是从直面人与自然矛盾、背离的现实开始，诗人走向自然，与自然万物对话，从中领悟人与自然和谐相处之道。正因如此，诗集中不少作品都是从心灵出发感知自然的产物，是一种诗性的生发。

如何处理好理性定位与诗性生发的关系，对于生态诗歌写作，乃至对于更广泛意义上的诗歌写作，都是绕不过去的问题，也是诗歌创新突破中常常会遇到的一个突出问题。如果一味强调理性，就容易主题先行，走到极端的话还会把诗歌变成观念的简单演绎，这样就会使诗歌味同嚼蜡，失去了诗意。而如果写作只凭感觉随意支配，就容易诗思浮浅、飘忽，失去“主脑”，对于一位诗人而言很难凭感觉持续地写下去，说不定在什么时候写作就会半途而废。对于生态写作更是如此，它是贯穿、渗透着现代生态观念的写作，但它又必须根植于对现代生态问题、对人与自然关系问题的感性体验，并且借助于情感和想象的力量，重构“生态梦想”的诗意境界，探索具有个性化的生态审美方式，这样才能处理好理性定位与诗性生发的关系，创作出真正意义上的生态诗歌。

白楼对于这一关系问题的把握，已经有了一些思考和实践尝试。在《词语的锋刃》一诗中，他有这样的认识：

> 其实
> 每一个词语都有灵性
> 像一个个小精灵
> 你该如何掌控

确实，诗起始于语言的发生，但不只是语言，最后又会回到语言本身。只有源于对自然的体验、感悟和想象，有了新的自然与心灵的间性张力，才是活的“生态”，才是活的“诗语”。生态诗歌的语言所呈现的生态审美体验，应该是独特的，是在矛盾性中达到的美的境界的重构，如何处理这个问题，是生态诗歌写作的一个关键，它决定了生态诗歌在艺术创新上能否提供新的原创性元素。

它不同于传统意义上的田园牧歌、清风明月，它是“伤口上的花”，是“冰刀上的舞”，是一种难以言说的语言。

白楼已经开始用自己的生命感知一座“自在之岛”，他领悟到“自在的本身不是岛/感性的认知却是如此真实”（《自在之岛》），甚至“试图在江上建造/一座无人的小岛”（《江水的呢喃》）；由此他听到了“江风向明月和大树倾诉/心之岛的秘密”（《心之岛》），他看到“江心之岛在聚光灯下/生态的哲思隐于江流”（《江心之岛》）。白楼选择了生态方向，也是选择了一种对世界万物的态度。他的写作不是宏大叙事，他以谦逊的态度面对自然和生活，抬头凝望白鹇、白鹭、红尾鸟，想象便飞向了天边“被鲜血浸染过的红云”（《红胸鸟》）；低首俯视一只蚂蚁，看到它“背负整个冬天”（《一只蚂蚁背负整个冬天》）。当然，白楼还走在探寻诗歌的路上，一方面他欣喜于“蝴蝶的翅膀/携带海浪的风/在地球的另一边/产生了不可思议的现象/而诗歌仿佛也有这种力量”（《微笑的动力》）；另一方面，他也担心“使用词语就像/手持一把双刃剑/一旦失手便会被/词的锋刃割伤”。其实，白楼不必过于担忧，生态诗歌之旅还处于新的开始，有许多新的空间正有待放手去开拓。当然，客观地说，白楼目前的生态诗歌写作只是初具形态，远没有成熟定型，而这正是可以大胆探索的阶段。“像一位烹饪大厨/将众多的词语放进一锅/煎炒炖炸，烧烤焗焖/三十六种烹饪方式……”（《烹饪之诗》），诗歌本来就不应“定于一尊”和一个模式。在诗歌创作总体上的坚持方向与具体写作实践中的不拘一格并不是矛盾的，感性与理性也可以融合渗透。如何让生态哲思更深地契入自然物象？如何让理性的思考在生动的审美体验中扑动想象的翅膀？如何寻找到更具独特创造性的诗歌审美及语言表达？这些可能是白楼在今后诗歌创作中需要研究和解决的问题。

诗歌的路正长，将有许多新的可能，期待白楼在诗歌创作中不断探索，不断有新的收获。在感性与理性之间，在真实的“江心岛”与虚构的“红胸鸟”之间，我仿佛已听到来自未来的一首吟唱……

作者：华海　著名生态诗人，生态诗歌倡导者